KB072654

리턴마스터

리턴 마스터 9

류승현 장편소설

초판 1쇄 찍은 날 § 2018년 3월 13일
초판 1쇄 펴낸 날 § 2018년 3월 20일

지은이 § 류승현
펴낸이 § 서경석

총괄팀장 § 최하나
편집책임 § 이지연
디자인 § 신현아

펴낸곳 § 도서출판 청어람
등록번호 § 제387-1999-000006호
등록일자 § 1999. 5. 31
어람번호 § 제1-2864호

주소 § 경기도 부천시 원미구 부일로 483번길 40 서경B/D 3F (우) 14640
전화 § 032-656-4452 팩스 § 032-656-4453
http://www.chungeoram.com
E-mail § chungeorambook@daum.net

ISBN 979-11-04-91676-2 04810
ISBN 979-11-04-91429-4 (세트)

9

류승현 장편소설

리턴 마스터

FUSION FANTASTIC STORY

리턴 마스터

Contents

• 80장 •
얼음의 대륙

코튼 산맥.

제국령 북부에 위치한 험준한 산맥인 이곳엔 오래전에 개척된 레비의 신전이 비밀스럽게 자리 잡고 있었다.

맵온으로도 확인됐다. 텅 비어 있는 산맥의 중심부에 약 스무 개의 붉은 점이 움직이고 있는 것을.

하지만 꽝이었다.

지구인은 한 명도 없었다. 코튼 산맥의 비밀 거점에 남아 있던 것은 모두 일반 신관이나 경비병뿐이었다.

그들은 마치 기다리고 있었다는 듯 내 얼굴을 보자마자 저주를 퍼부으며 공격을 감행했다.

물론 의미 없는 짓이었다.

나는 그들 모두를 제거한 다음, 신전에 설치된 텔레포트 게이트를 박살 내고, 아예 신전 자체를 형체도 남기지 않고 파괴한 후 산맥을 빠져나갔다.

*　　　　*　　　　*

"죄송하지만 손님들, 여기까지입니다."

마부는 미안하다는 얼굴로 연신 사과했다.

"눈보라가 심합니다. 여기서부터는 맘토르도 더 이상 안 움직입니다. 빛의 신의 은총이 미치지 않는 혹한의 땅이죠. 그만 돌아가는 게 좋을 것 같습니다."

맘토르는 매머드를 연상시키는 코끼리처럼 생긴 생물이다. 나는 마차에 함께 타고 있는 스텔라를 보며 말했다.

"여기서부터는 나 혼자 가야겠어. 마지막으로 해줄 말이라도?"

"딱히. 당신은 맵온이 있으니까 얼음 대륙에서도 헤맬 일은 없을 거야."

스텔라는 고개를 저었다. 그러자 함께 앉아 있던 엑페가 몸을 떨며 물었다.

"으, 추워. 그런데 맵온이라고 해봐야 그냥 지도 아니니? 여기 겨울은 소드 마스터에게도 쉽지 않아. 지금은 그냥 돌아가는 게 어때?"

"괜찮습니다. 며칠 안에 돌아올 테니 스텔라와 함께 마을에서 기다려 주세요."

"고집하고는……."

엑페는 한숨을 내쉬며 물었다.

"뭐, 좋아. 그런데 내가 같이 안 가도 되겠어?"

"스텔라를 지켜주세요. 그것만으로도 안심하고 다녀올 수 있습니다."

나는 고개를 저으며 마차에서 내렸다. 스텔라는 마지막으로 내 손을 붙잡으며 짧게 말했다.

"조심해. 레빈슨은 퀘스트를 받는 인간이야. 그게 뭘 뜻하는지 잘 생각해야 해."

나는 그녀의 차가운 손을 얼굴에 대며 고개를 끄덕였다.

그렇게 마차에서 내리자, 새하얀 설원이 눈앞에 가득 펼쳐져 있었다.

얼음의 대륙.

레비그라스 전역을 통틀어 가장 악명 높은 극한의 땅.

가장 따뜻할 때조차 평균 기온이 영하 20도이며, 가장 추울 때는 영하 70도 이하로 떨어진다.

그리고 지금은 겨울이며, 눈보라가 휘몰아치고 있다.

내가 죽지 않고 버티고 있는 것은 그저 내구력이 압도적으로 높기 때문이다.

거기에 항마력도 영향이 있다. 마차 밖으로 나온 지 채 1분도 안 됐지만, 이미 항마력 수치가 약간 감소한 걸 확인할 수 있었다.

"지긋지긋하구만……."

나는 몸서리를 치며 맵온을 열었다.

얼음 대륙엔 공식적으로 인간이 안 산다.

당연히 지도의 붉은 점은 나를 제외하면 천천히 남쪽으로 움직이는 엑페와 스텔라, 그리고 마부까지 세 개가 전부였다.

아니, 전부여야 했다.

하지만 내가 서 있는 곳을 기준으로 북서쪽으로 40㎞쯤 떨어진 곳에도 41개의 붉은 점이 보였다.

'이런 곳에서 잘도 버티고 있군.'

나는 뒤집어쓴 방한복을 여미며 천천히 걸음을 옮겼다.

평지라면 순식간에 달려서 도착할 수 있을 것이다. 하지만 극한의 냉기와 휘몰아치는 눈보라 앞에서는 제아무리 소드 마스터라 해도 조금쯤은 겸손해질 필요가 있었다.

* * *

끔찍하게도 추운 이 얼음 대륙의 어딘가에 유일하게 사람이 살 만한 좁은 구역이 존재한다.

스텔라의 설명에 의하면 폭이 1㎞ 정도 되는 쑥 들어간 분지가 있는데, 지열 때문인지 한겨울에도 영하 10도 이하로 떨어지지 않는다고 한다.

그곳을 히트(Heat) 포인트라고 한다.

바로 대신전의 비밀 거점 중 하나가 세워진 곳이다.

문제는 그곳에 정말 지구인들이 있을 경우였다.

'결국 구출한 지구인들을 데리고 다시 밖으로 나와야 한다. 과연 그들이 이 끔찍한 추위를 견뎌낼 수 있을까?'

몇 가지 대비책을 준비해 놨지만 썩 미덥지 않다. 나는 빙해 서쪽의 어딘가에 정박해 있을 자유 진영의 선박을 떠올리며 초조하게 생각했다.

'박 소위에게 미리 배를 준비해 놓으라고 했지만… 지구인들을 데리고 거기까지 갈 수 있을지는 의문이다. 방한복이 있어도 얼어 죽을지도 몰라. 결국 미리 준비한 텔레포트 게이트를 써야 하나?'

나는 레비의 대신전에서 전이의 각인을 받았다.

그리고 그것을 활용하기 위해 얼음 대륙과 그나마 가장 가까운 마을에 미리 텔레포트 마법진을 만들어놓았다.

하지만 전이의 각인은 내가 생각한 것처럼 그렇게 단순한 능력이 아니었다.

[전이(중급) ― 먼 거리를 한 번에 이동할 수 있는 텔레포트 게이트를 만드는 각인 능력. 소유자의 숙련도에 따라 거리나 횟

수가 달라진다.]

이것이 스캐닝이 설명하는 전이의 각인의 능력이다.

핵심은 '소유자의 숙련도'였다.

다른 각인은 전부 받은 순간 무조건적으로 효과가 발휘된다.

스캐닝, 언어, 맵온, 감정, 모두가 마찬가지다. 자주 사용했다고 능력이 달라지거나 좋아지지 않는다.

하지만 전이의 각인은 다르다.

이것은 소유자가 끊임없이 마법진을 만들고, 만든 마법진으로 계속해서 사람들을 텔레포트시키는 과정을 통해 숙련도를 높여야 한다.

처음에는 최대 5km가 한계였던 각인사가 반복된 훈련과 적응으로 30km에서 50km까지 연결되는 중거리 게이트를 만들 수 있게 되는 것이다.

심지어 100km가 넘는 장거리 게이트를 만들기 위해선 그런 숙련된 각인사가 동시에 여러 명이 필요했다.

과거에 카라돈 산맥에 있던 엘프 마을과 가장 가까운 곳에 있던 슈라인이라는 도시는 300km가 떨어져 있었다. 박 소위는 두 공간을 연결하기 위해 무려 스무 명의 각인 능력을 가진 마법사를 동원해야 했다.

'그런데 나는 혼자고, 아직 전이의 각인을 다루는 능력도 미숙하다. 과연 내가 텔레포트 게이트를 만들어서 지구인들

을 탈출시킬 수 있을까?'

쉽지 않을 것이다.

하지만 이제 와서 작전을 포기할 수는 없다. 레빈슨이 빼돌린 지구인들은 훗날 소드 마스터나 아크 위저드가 되어 지구로 귀환하는 강력한 존재들이니까.

'정확히는 강력해질 존재들이다. 어떻게든 그렇게 되기 전에 막아야 해. 심지어 이번에는 오비탈 차원의 과학기술이 합쳐질 우려도 있다.'

나는 내뿜는 한숨이 순식간에 얼음안개로 변하는 것을 지켜보며 생각했다.

어쩌면 그곳에서 지구인을 전부 죽여야 할지도 모른다.

물론 최악의 경우긴 하지만, 미리 각오를 해둘 필요가 있다.

그런데 그때, 휘몰아치는 눈보라 너머로 조그만 언덕들이 보였다.

"……?"

자세히 보니 언덕이 아니었다.

눈을 잔뜩 뒤집어쓴 거인들이 몸을 웅크린 채 무언가를 뜯어 먹고 있었다.

이름: 스노우 자이언트
종족: 오우거
레벨: 18

특징: 눈 덮인 지형에 서식한다. 모든 종류의 냉기에 강력한 저항력을 가지고 있다. 어린아이 수준의 지능과 높은 인내력을 가지고 있다.

근력: 287(301)
체력: 339(358)
내구력: 134(156)
정신력: 17(22)
항마력: 131(185)

특수 능력
오러: 58(61)
마력: 0
신성: 0
저주: 13(13)
고유 스킬: 롤링 어택, 거인의 안광

스캐닝과 동시에 나는 곧바로 몸을 던지며 오우거 세 마리의 목을 전부 베어 날렸다.

노바로스의 강화는 발동시킬 필요도 없었다. 나는 설원에 뿌려진 붉은 피가 순식간에 눈으로 덮이는 걸 보며 생각했다.

'그러고 보니 전에 스텔라와 함께 이놈들을 잡으러 올 계획

도 있었지.'

하나하나는 부족하더라도 수백 마리를 잡으면 필요한 만큼의 오러 스텟을 얻지 않을까 하는 계산이었다.

'이제 와선 상관없는 이야기다. 근데 뭘 먹고 있던 거지?'

나는 오우거들이 먹던 것을 발로 건드렸다.

덮인 눈을 털어내자, 곧바로 반쯤 분해된 인간의 시체가 모습을 드러냈다.

"망할!"

나는 욕지거리를 내뱉으며 뒤로 물러났다.

필시 빙해와 가까운 곳에 살고 있던 마을 주민일 것이다. 나는 급한 대로 칼로 바닥을 판 다음 시체를 묻고 다시 덮어주었다.

오우거 따위, 처음에는 안중에도 없었다.

가급적 부딪히지 않는 선에서 목표를 달성하고 빠져나올 생각이었으니까.

하지만 지금은 달랐다. 인간은 본능적으로 인간을 먹는 생물을 용서할 수 없다.

나는 이를 갈며 맵온에서 오우거를 검색했다.

그러자 얼음 대륙 전역에 무수한 회색 점이 모습을 드러냈다.

오우거 ― 1,156

'얼음 대륙에만 천 마리가 넘게 사는 건가?'

문제는 그 천여 마리의 오우거 중에 약 80퍼센트에 달하는 오우거가 한 지점에 모여 있다는 것이다.

그곳은 바로 대신전의 비밀 거점이 세워진 히트 포인트였다.

＊　　　　＊　　　　＊

정확히는 히트 포인트의 주변이었다.

총 810마리의 오우거가 히트 포인트 전체를 포위하듯 둘러싸고 있다.

방금 내가 죽인 오우거도 넓게 보면 포위망을 만들고 있던 오우거들 중 일부였다.

'대신전의 거점을 공격하려는 건가? 설마 인간을 사냥해서 먹이로 삼기 위해?'

그것이 내가 상상할 수 있는 유일한 이유였다. 나는 스캐닝으로 확인한 오우거의 스탯을 떠올리며 빠르게 걸음을 옮기기 시작했다.

'신관들이야 뜯어 먹히든 말든 상관없다. 하지만 지구인은 안 돼. 그리고 이대로는 전멸한다. 설사 저 안에 지구인 유망주 20명이 있다 해도…….'

그래봤자 유망주는 유망주일 뿐이다.

그들이 소드 마스터가 되기 위해선 앞으로 몇 년의 시간이 더 필요할지 모른다. 나는 발동시킨 오러에 노바로스의 강화를 더해 히트 포인트를 향해 달리기 시작했다.

그러자 곧바로 오우거 떼거리가 보였다.

당장 눈에 보이는 것만 스무 마리 이상이다.

나는 녀석들이 뒤도 돌아보기 전에 여덟 마리의 몸을 베어넘겼다.

촤악!

푸확!

붉은 피와 함께 사방으로 내장이 터져 나온다.

동시에 끔찍한 악취가 사방으로 번졌다.

다행히 휘몰아치는 눈보라가 시체와 악취를 순식간에 묻어준다. 뒤늦게 사태를 파악한 오우거들이 목청을 높이며 괴성을 지르기 시작했다.

쿠오오오오오!

쿠오오오오오오오!

쿼어어어어어어!

'다른 오우거들에게 신호를 보내는 건가? 좋아. 이렇게 하면 내 쪽으로 몰려오겠지.'

그래서 나는 일부러 오우거들이 소리를 지르도록 내버려두었다.

하지만 몰려오지 않았다.

오히려 그것이 신호인 양, 수백 마리의 오우거가 일제히 히트 포인트 안쪽으로 움직이기 시작했다.

"망할!"

나는 소리를 지르던 다섯 마리의 오우거를 연속으로 베어 넘기며 치를 떨었다.

타이밍이 최악이다.

이대로면 거점은 순식간에 아수라장이 될 것이다.

지구인이나 신관들이 오우거들과 맞서 싸우는 건 둘째 치더라도, 레빈슨이 자신의 전이 능력을 활용해 또다시 도망칠 가능성이 높다.

'아니, 높은 게 아니라 사실상 100퍼센트다. 이럴 바엔 차라리……'

나는 주변에 남은 오우거들을 내버려 둔 채, 맵온에 보이는 붉은 점을 향해 전력으로 달리기 시작했다.

*　　　　*　　　　*

당연히 오우거보단 내가 훨씬 빨랐다.

나는 아래로 푹 파인 분지를 향해 내달렸다.

'여기가 히트 포인트군.'

여전히 눈보라가 휘몰아치는 와중에도 분지 아래쪽은 놀라울 만큼 따뜻했다.

그래도 여전히 영하겠지만 나는 마치 냉탕에서 열탕으로

자리를 옮긴 듯한 온도 차를 느꼈다.

'저긴가……'

조금 떨어진 곳에 저택이 보였다.

그리고 저택의 앞마당으로 보이는 곳에 세 명의 남자가 동 상처럼 뻣뻣한 자세로 서 있다.

그 시점에서 나는 작전에 중대한 결함이 있었다는 걸 깨달 았다.

'지구인과 신관을 어떻게 구분하지?'

저 세 명은 지구인일까?

아니면 레비의 신관일까?

답은 스캐닝이다. 하지만 내가 쓸 수 있는 스캐닝의 횟수는 하루에 10회가 한계다.

'어쩔 수 없지. 열 명… 아니, 아까 오우거 한 마리를 스캐닝 했지? 그럼 아홉 명이라도 확실하게 구하는 수밖에.'

일단 앞마당에 있는 세 명은 지구인이었다.

나는 지면을 박차며 그 세 명을 전부 뛰어넘었다.

쾅!

땅이 울리는 소리에 지구인들이 반응하며 날 올려다본다.

하지만 이미 늦었다. 나는 3층 건물인 저택을 지붕부터 뚫 으며 난입했다.

콰과과과광!

진입과 동시에 사방에 검은 옷을 입은 신관들이 보였다.

"왔다!"

신관들은 기다렸다는 듯이 소리쳤다.

하지만 그것이 전부였다. 나는 총 아홉 명의 신관이 뭔가 일을 벌이기도 전에 그들 모두를 베어 넘겼다.

'부디 이 안에 지구인이 없었기를……'

그러고는 곧바로 발을 구르며 바닥을 박살 냈다.

콰직!

그렇게 2층으로 내려가자 사방에서 노란빛이 번뜩였다.

"죽어라!"

"이단자!"

"천벌이다!

"빛의 신의 저주가 있기를!"

그들 모두가 3단계 오러 유저였다. 나는 약 5초 만에 열 명의 신관을 전부 제거한 다음 심호흡을 했다.

'실력은 별로라 해도… 내가 올 거란 사실을 미리 알고 있었다. 어떻게 된 거지?'

통짜로 넓은 방 하나였던 3층과는 달리 2층은 크고 작은 방들로 나뉘어져 있었다. 나는 벽을 박살 내며 모든 방을 하나하나 샅샅이 뒤지며 생각했다.

'굳이 스캐닝을 안 해도 어느 정도는 구분이 가는군.'

세뇌당한 지구인들과는 달리 신관들의 표정엔 증오와 공포가 어려 있었다. 나는 손쉽게 2층을 정리한 다음, 다시 한 번

발을 구르며 1층으로 내려가는 통로를 만들었다.

콰직!

그런데 그 순간 벽이 박살 나며 세 명의 지구인이 난입했다.

"……."

세 명 모두 혼이 빠진 듯 무표정한 얼굴로 공격을 쏟아냈다.

물론 내 적수는 아니었다. 두 명은 3단계 오러 유저고 한 명은 1단계 소드 익스퍼트였다.

'제발 이 안에 세뇌 신관이 있기를…….'

나는 지구인들의 공격을 가볍게 받아내며 1층으로 몸을 던졌다.

1층은 3층처럼 통짜의 넓은 공간이었다.

한쪽 구석에 여러 개의 마법진이 그려져 있고, 모든 신관은 그곳에 모여 정신없이 텔레포트를 하고 있었다.

"빨리! 적이 들어왔다!"

"세뇌 신관부터 보내! 어서!"

"막아! 몸으로 막아!"

나는 곧바로 마법진의 중심부를 향해 컴팩트 볼부터 날렸다.

콰과과과과과과과광!

그 한 방에 몰려 있던 15명의 신관은 물론이고, 휘청거리던 저택 전체가 무너지기 시작했다.

"쳇……."

나는 혀를 차며 저택 밖으로 빠져나왔다.

마침 1층에 내려온 지구인들 역시 나를 쫓아 밖으로 달려 나왔다. 그런데 세 명 중 두 명이 갑자기 무릎을 꿇으며 몸을 떨기 시작했다.

"으⋯⋯."

"나, 나가⋯ 나가! 내 머릿속에서⋯⋯."

'세뇌가 풀렸나?'

하지만 가운데 있던 한 명의 표정은 여전했다. 그는 한발 뒤에서 비틀거리는 동료들을 바라보더니, 다짜고짜 그들을 향해 칼을 휘둘렀다.

물론 내가 훨씬 빨랐다.

"안 돼!"

나는 최대한 힘을 죽인 채 그자의 팔꿈치에 주먹을 날렸다.

콰직!

그러자 지구인의 팔이 반대 방향으로 꺾였다. 나는 좀 더 힘을 억제하며 그자의 복부에 무릎을 꽂았다.

푸확!

지구인은 그 한 방에 뒤쪽으로 날아가며 무너지는 저택에 처박혔다. 나는 기겁을 하며 저택에 달려 들어간 다음, 눈을 까뒤집은 지구인을 안고 급하게 밖으로 돌아 나왔다.

그와 동시에 저택이 완전히 무너졌다.

콰과과과과과과광!

'망할! 힘이 너무 세니까 반대로 약하게 치는 게 안 돼!'

나는 이를 갈며 지구인을 스캐닝했다. 뱅크스라는 이름의 지구인은 다행히 목숨은 부지한 채 가쁜 숨을 몰아쉬고 있었다.

그리고 그때, 세뇌가 풀린 지구인 중 한 명이 온몸을 뒤틀며 발작을 일으켰다.

"으아아아아아아아아아악!"

"진정하십시오!"

나는 재빨리 남자의 몸을 제압하며 말했다.

"다 끝났습니다! 안심하세요! 이제 아무도 당신을 세뇌하거나 고문하지 않습니다!"

그러고는 품속에 손을 넣어 미리 준비해 온 방한복을 끄집어냈다. 남자는 끊임없이 몸을 뒤틀었지만, 내가 억지로 두꺼운 옷을 입히자 정신이 드는 듯 조금씩 안정되기 시작했다.

"으, 으으… 당신은 누구……."

"저도 지구인입니다. 괜찮으니 진정하세요. 다 끝났습니다."

"저… 정말로? 이제 더 이상 그놈들 생각대로 움직이지 않아도 되는 건가?"

"네. 세뇌는 풀렸습니다. 안심하십시오. 저는 여러분들을 구하기 위해 온 지구인입니다."

남자는 그제야 긴 한숨을 내쉬었다. 그러자 등 뒤에서 또 다른 지구인이 헛기침을 하며 말을 걸었다.

"흠, 정말 우릴 구하러 온 건가? 지구에서?"

"그건 아닙니다. 저도 당신들과 똑같이 납치당한 인간입니다."

나는 몸을 돌리며 고개를 저었다. 20대 중반으로 보이는 백인 남자는 의심스러운 눈으로 내 몸을 살피며 말했다.

"난 이고르요. 그쪽은?"

"주한입니다. 몸은 괜찮으십니까? 머리는?"

"몸은 괜찮고… 머리는 좀 띵하군."

이고르는 두통이 있는 듯 눈살을 찌푸렸다.

이고르 갈페린.

훗날 3단계 소드 익스퍼트로 지구에 귀환하는 귀환자로, 당시 자신의 고향인 러시아로 돌아와 도시 하나를 완전 괴멸로 몰고 갔다.

물론 이제는 벌어지지 않을 미래였다. 나는 시공간의 주머니에서 또 한 벌의 방한복을 꺼내 넘겨주며 말했다.

"일단 이것부터 입으십시오. 지금은 괜찮아도 위쪽으로 올라가면 엄청나게 추워집니다."

"…이건 또 무슨 마술이지? 이 두꺼운 옷을 대체 어디서 꺼낸 거야?"

이고르는 어이없다는 표정을 지었다. 나는 아직 세뇌가 안 풀린 채 기절해 있는 뱅크스라는 지구인을 살피며 말했다.

"이쪽 세계의 기술입니다. 여러 가지로 의심스럽고 정신없으시겠지만… 일단은 절 믿고 지시에 따라주시길 바랍니다."

"그러지. 근데 정말 안심해도 되는 거 맞나?"

이고르는 주변을 둘러보며 눈살을 찌푸렸다.

"사방에서 뭔가 달려오는데? 저것들도 당신 친구야?"

"그럴 리가요?"

난 쓴웃음을 지으며 고개를 저었다.

"저건 식인을 하는 몬스터인 오우거입니다. 이고르 씨? 괜찮으시면 제가 싸우는 동안 여기 있는 두 지구인을 지켜주시겠습니까?"

"그건 어렵지 않은데, 괜찮겠어?"

쿠구구구구구……

사방에서 몰려오는 수백 마리의 오우거 탓에 히트 포인트 전체가 울리기 시작했다. 나는 집어넣은 칼을 다시 뽑아 들며 말했다.

"괜찮습니다. 하지만 몇 마리가 여기까지 새어 올 수도 있습니다. 하지만 당신도 1단계 소드 익스퍼트니, 어떻게든 상대할 수 있을 겁니다."

"하, 1단계 소드 익스퍼트라."

이고르는 코웃음을 치며 고개를 끄덕였다.

"그러고 보니 신관들이 계속 그런 이야기를 했었지. 좋아. 내키진 않지만 맡겨두라고."

"감사합니다."

그리고 나는 곧바로 700의 마력을 소모해 워터 드래곤을 소환했다.

*　　　　*　　　　*

　무너진 저택을 중심으로 서쪽은 워터 드래곤에게 맡기고, 나는 동쪽으로 먼저 치고 나가 오우거들을 해치우기 시작했다.

　전투는 약 10여 분 만에 종결됐다.

　그사이 천 마리에 달하는 오우거를 전부 죽인 건 아니었다. 맵온에서 회색 점이 200개쯤 사라졌을 때, 갑자기 남은 오우거들이 함성을 지르며 뒤로 물러서기 시작했다.

　'가능하면 싹 죽여서 멸종시키고 싶지만… 그게 지금은 아니다.'

　나는 도망치는 적을 쫓지 않았다. 대신 저택에 돌아와 상황을 확인했다.

　"괜찮습니까, 이고르 씨?"

　"아, 그래. 별거 아니야."

　이고르는 가쁜 숨을 몰아쉬며 자신이 죽인 두 마리의 오우거를 노려보고 있었다.

　세뇌는 풀렸어도 그동안 배운 검술과 오러를 다루는 능력은 사라지지 않았다. 그는 자신의 몸에 여린 녹색 오러를 살피며 긴 한숨을 내쉬었다.

　"그 망할 신관 놈들에게 고맙다고 해야겠군. 날 이런 괴물로 만들어놓을 줄이야."

"무사해서 다행입니다. 다른 분들은?"

"저기, 무너진 집 근처에 숨겨놨다. 근데 기절한 아저씨는 위험해 보이던걸?"

나는 덮어놓은 나무판자를 치우며 지구인들을 꺼냈다. 그리고 기절한 남자의 입에 회복 포션을 천천히 흘려 넣으며 말했다.

"이분은 아직 세뇌가 안 풀렸습니다. 정신을 차려도 걱정이군요."

"어떻게 하면 세뇌가 풀리는데?"

"세뇌한 신관을 죽여야죠."

나는 눈을 가늘게 뜨며 맵온에 남아 있는 또 하나의 붉은 점을 노려보았다.

무너진 저택의 어딘가에 아직도 누군가 남아 있다.

혹시나 해서 하늘을 올려다봤지만 아무도 떠 있지 않았다.

그렇다면 저택에 지하실이 있고, 그 안에 신관이 남아 있다는 이야기다. 이고르는 세뇌에서 풀린 또 다른 지구인을 내려다보며 말했다.

"이 친구는 신관들이 '아쿠'라고 불렀는데, 본명이 뭔지는 잘 모르겠군."

"아슈아니 쿠마르 모디라고 합니다. 앞에 두 이름을 줄여서 불렀나 보군요."

"그런가? 그런데 그쪽 말이야."

이고르는 날 보며 물었다.

"대체 어떻게 된 거지? 우리랑 똑같이 납치되어 왔는데 어떻게 그렇게 강해질 수 있어? 보라색 오러라니, 오러의 끝 아닌가? 신관들이 항상 말하던 소드 마스터 말이야. 나도 엄청 빠르게 강해진다고 했지만… 그래도 앞으로 10년은 더 걸릴 거라고 했다고."

"세뇌당했을 때 신관들이 했던 말을 기억하십니까?"

"대부분. 게다가 마법도 쓰는 건가? 아까 만들었던 저 거대한 드래곤은 뭐지?"

"말씀하신 대로 일종의 마법입니다."

"마법과 오러 둘 다 최강이라는 건가? 대단하군. 그러고 보니 최상급 노예 중에 그런 놈이 있었지."

나는 귀를 세우며 물었다.

"당신도 최상급 노예였습니까?"

"아니, 난 그냥 상급. 근데 신관들이 나랑 몇 명을 따로 뽑아서 여기로 데려왔지. 최상급 노예 15명과 함께 말이야. 아, 젠장, 나도 입에 노예란 말이 붙어버렸군."

이고르는 지긋지긋하다는 얼굴로 침을 뱉었다. 나는 급하게 질문했다.

"그럼 다른 지구인들은 어디 있습니까?"

"집 안에 없었나?"

"네?"

"원래 우리 모두 여기서 계속 훈련을 받고 있었거든. 근데 어제 갑자기 대부분을 데리고 집 안으로 들어갔어. 제일 높아 보이는 대신관이란 놈이 다른 곳으로 옮겨야 한다면서."

"대신관이 여기에 있었습니까?"

"그래. 젤 높은 놈인데 젤 어려 보이는 놈."

이고르는 고개를 끄덕였다. 나는 입술을 깨물며 한숨을 내쉬었다.

"제가 하루 늦은 모양이군요. 어쨌든 마무리를 지어야 하니 잠시만 기다려 주십시오."

"마무리? 무슨 마무리?"

"저택 지하에 아직 한 놈이 숨어 있는 것 같습니다."

나는 무너진 저택의 잔해를 치우며 중얼거렸다.

"그럴 가능성은 없겠지만… 그 한 놈이 대신관이었으면 정말 좋겠군요."

*　　　　*　　　　*

그런데 정말 대신관이었다.

*　　　　*　　　　*

"왜 이렇게 늦게 내려오셨습니까? 기다리다 잠들 뻔했군요."

레빈슨의 목소리는 라디오에 확성기를 댄 것처럼 지직거리며 울렸다.

나는 반사적으로 녀석을 향해 소드 스톰을 날렸다.

파지지지지지지지지지지직!

동시에 만들어진 열 자루의 고스트 소드가 녀석의 얼굴에 처박혔다.

하지만 끄떡도 하지 않았다. 레빈슨은 나와 자신의 사이를 가로막은 두꺼운 유리 벽을 살피며 혀를 내둘렀다.

"대단하군요. 오비탈인들은 이 유리 벽에 흠집조차 내지 못할 거라 했는데… 이건 마치 거미줄처럼 금이 가지 않았습니까?"

나는 오러 소드를 전개하며 녀석을 향해 천천히 걸음을 옮겼다. 우주복을 뒤집어쓴 레빈슨은 곧바로 고개를 저으며 말했다.

"잠시만 기다립시오. 거기서 몇 발 더 들어오시면 게이트를 닫아버리겠습니다."

나는 즉시 걸음을 멈췄다.

내가 보고 있는 곳은 이미 레비그라스가 아니었다.

레빈슨은 저택의 지하에 차원을 연결하는 통로를 열어놓은 다음, 차원의 저편에서 날 기다리고 있었다.

"물론 당신은 지구인이니 여기에 들어와도 생존할 수 있겠죠. 저처럼 방호구를 착용하지 않고서도 말입니다."

"그쪽은 오비탈 차원인가?"

레빈슨의 뒤쪽으로 보이는 배경은 마치 SF 영화에서 보던 우주 함선의 내부처럼 보였다. 레빈슨은 미소를 지으며 고개를 끄덕였다.

"네. 여기는 오비탈 차원입니다. 그리고 보니 처음이군요, 문주한. 우리가 직접 만난 건 말입니다."

"그래, 처음이군."

물론 나는 언제나 대비하고 있었다.

박 소위를 통해 얻은 몽타주를 익히 외워놓았고, 전이의 각인을 쓰지 못하도록 팔다리를 자른 이후에 물을 다양한 질문을 머릿속에 품고 있었다.

하지만 막상 얼굴을 맞대니 질문이 떠오르지 않았다. 레빈슨은 금이 간 유리를 손가락으로 두드리며 말했다.

"이건 정말 대단한 겁니다. 원래 차원 너머로 힘을 쓰면 위력이 절반 이하로 줄어드니까요. 정상적인 상황이었다면 이 유리 벽은 박살 나고, 저도 거기에 휘말려 즉사를 면치 못했겠죠."

"…다른 지구인들은 어디에 있지?"

"저런, 가장 먼저 떠오른 질문이 고작 그것입니까?"

레빈슨은 가볍게 한숨을 내쉬었다.

"뭐, 좋습니다. 제가 따로 챙긴 지구인은 전부 이곳에 있습니다."

"오비탈 차원에?"

"네. 레비그라스에서는 더 이상 지구인을 육성할 수 없게 되었으니까요. 바로 당신 때문에 말입니다, 문주한."

"……"

"이제 와서 서로 숨길 필요는 없겠죠."

레빈슨은 왼쪽 눈을 찌푸리며 말했다.

"우리 둘 다 초월 능력을 가지고 있으니까요. 오, 저런, 퀘스트를 전부 스캐닝의 등급을 높이는 데 사용하신 겁니까? 대단하군요. 전이의 각인 말고 모든 각인 능력을 초월 능력으로 만들다니. 저도 감정이나 언어는 아직 못 만들었는데 말입니다."

레빈슨은 날 스캐닝했다.

그렇다는 것은 그 역시 나처럼 최상급 스캐닝을 가지고 있다는 말이다. 이미 세상엔 스캐닝이란 각인 능력이 사라졌으니까.

나는 곧바로 녀석을 스캐닝했다.

이름: 레빈슨

레벨: 30

종족: 레비그라스인, 퀘스트 마스터, 빛의 사도

기본 능력

근력: 21(21)

체력: 23(23)

내구력: 18(18)

정신력: 91(91)

항마력: 611(621)

특수 능력

오러: 0

마력: 217(463)

신성: 519(570)

저주: 0

각인: 언어(중급), 감정(중급)

초월: 빛의 축복, 전이(최상급), 스캐닝(최상급), 맵온(최상급)

마법: 신성(총19종류), 화염(총10종류), 바람(총9종류), 대지(총 9종류)

퀘스트1: 지구의 모든 인류를 절멸시켜라(최상급)

퀘스트2: 빛의 신 레비를 제외한, 다른 모든 신의 성물을 파괴하라(최상급)

퀘스트3: 레비그라스 차원에 존재하는 지구인 문주한을 죽여라(최상급)

퀘스트4: 180살까지 생존하라(상급) ― 현재 139세

퀘스트5: 1단계 소드 익스퍼트, 혹은 미들 위저드를 달성한 스무 명의 지구인을 오비탈 차원으로 보내라(상급)

퀘스트6: 수용소에 있는 지구인 스무 명을 1개월 안에 얼음 대륙으로 옮겨라(최하급) ― 성공!

퀘스트7: 레비의 대신전에 있는 세뇌 신관 스무 명을 1개월

안에 얼음 대륙으로 옮겨라(최하급) — 성공!

기묘하다.

다른 모든 건 제쳐두고, 일단 레벨에 비해 기본 스텟이 너무 낮다.

그리고 특정 퀘스트가 너무 직설적이다. 덕분에 나는 레빈슨이 급이 높은 지구인들을 어째서 미리 빼돌렸는지 깨달았다.

'정보가 샜던 게 아니다. 레빈슨은 단지 자신에게 발생한 퀘스트를 이행했을 뿐이지.'

즉, 이미 모든 걸 알고 있던 빛의 신이 레빈슨을 조종한 것이다.

퀘스트란 형태로.

"정말 부러운 스텟이군요. 아무리 퀘스트를 받는 자라 해도 대단합니다. 이미 소드 마스터에, 마력까지 상당한 수준이군요."

레빈슨은 내 스텟창을 살피며 연신 고개를 끄덕였다. 나도 마찬가지로 그의 스텟창에 보이는 특이한 것들을 살피며 세부창을 띄웠다.

[빛의 사도 — 초월자 중에 빛의 신에게 선택받은 자의 칭호. 빛의 신에게 독점적으로 퀘스트를 부여받을 수 있고, 빛의 신과 접촉하여 대화할 수 있다. 대신 항마력을 제외한 기본 스텟이 상승하지 않는다.]

[빛의 축복 – 5분 후의 미래를 볼 수 있다.]

"그런데 처음 보는 초월 능력이 있군요. 시공간의 축복? 이건 뭡니까? 아… 오… 이런, 이런. 이럴 수가."

레빈슨은 혀를 차며 고개를 저었다.

"그래서 당신이 이렇게 빠르게 성장할 수 있던 거군요. 죽어도 다섯 번의 기회가 있으니까. 과연, 저만 축복을 받은 게 아니었습니다."

"빛의 축복이라, 일종의 미래 예지인가?"

"예지가 아닙니다. 동시 진행이죠."

"동시 진행?"

"5분 후의 미래와 현재가 동시에 진행됩니다. 동시에 보인다고 해야 할까요? 막상 설명하려니 까다롭군요. 눈앞에 5분 후의 미래를 보여주는 차원경이 켜 있다고 할까… 그것도 현재의 제 행동에 따라 순식간에 변화합니다. 익숙해질 때까지 일년은 걸렸습니다. 백 년쯤 전의 이야기지만요."

레빈슨은 거리낌 없이 자신의 능력을 설명했다.

"그에 비해 당신의 초월 능력은 편하군요. 빛의 신께서 경계하시는 것도 당연합니다. 그런데 시공간의 신인 크로아크는 어째서 당신을 사도로 선택하지 않았습니까? 축복은 내렸으면서?"

그것은 대답할 수 없는 질문이었다.

나도 모르니까.

레빈슨은 침묵하는 날 바라보며 눈살을 찌푸렸다.

"그다지 대화를 하고 싶은 마음은 없는 것 같군요. 좋습니다. 저도 친목을 모도하려고 이런 자리를 마련한 건 아니니까요."

"그럼 왜?"

"정보 전달입니다."

레빈슨은 손가락으로 하늘을 가리켰다.

"빛의 신께서 제게 명하셨습니다. 당신에게 정보를 전달하라고 말입니다."

"그런 퀘스트는 안 보이는데?"

"퀘스트는 아닙니다. 저는 빛의 신과 직접 대화를 나눌 수 있습니다. 선택받은 자니까요. 물론 제 체력이 감당할 수 없어 자주 대화하는 건 무리입니다만… 아, 당신도 초월 능력을 얻을 때 신과 직접 만나지 않았습니까?"

나는 가만히 고개를 끄덕였다.

"만났지, 초월체들과."

"초월체들이라. 역시 그렇군요. 빛의 신을 제외한 모두가 당신에게 관심을 두고 있는 모양입니다."

레빈슨은 만면에 비웃음을 띄우며 고개를 저었다.

"그래봤자 저의 신 한 분에 비할 바는 아니지만요. 넷의 힘을 하나로 모아도 빛의 신 하나를 당해내지 못합니다."

신을 조롱한다고 내가 열 받을 일은 없다. 나는 냉정을 유지하며 지금 가장 필요한 질문을 던졌다.

"레비는 왜 지구의 인류를 멸종시키려는 거지?"

"제가 말씀드릴 정보가 바로 그것입니다."

레빈슨은 미소를 지으며 물었다.

"보이디아 차원을 알고 있겠죠?"

나는 고개를 끄덕였다. 레빈슨은 금속으로 된 테이블을 손가락으로 두드리며 말을 이었다.

"그곳은 공허와 저주가 가득한 공간입니다. 모든 우주와 모든 차원에 존재하는 어둠과 부정의 힘을 빨아들이며 점점 더 크게 성장하죠. 모든 인간은 그 힘 앞에 저항할 수 없습니다. 결국 타락해서 같은 존재로 변합니다."

"우주 괴수 말이군."

"정식 명칭은 공허 합성체입니다. 물론 스캐닝을 해보셨을 테니 알겠지만요."

레빈슨은 작게 웃으며 말했다.

"하지만 대부분의 차원, 즉 '인간'이 있는 차원은 신의 섭리로 인해 보호받고 있습니다. 초월체의 섭리라고 할까요? 그 탓에 다른 차원의 인간은 또 다른 차원에 넘어갔을 때 생존할 수 없습니다. 그것이 바로 공허로부터 차원을 지키는 힘입니다. 때문에 보이디아 차원의 인간, 즉 오리지널 공허 합성체는 레비그라스 차원에 넘어와서 생존할 수 없습니다."

"오리지널이라니… 보이디아 차원에도 원래 인간이 있었단 말인가?"

"우리가 아는 모든 차원엔 인간이 존재합니다."

레빈슨은 눈을 가늘게 뜨며 말했다.

"그리고 모든 차원엔 초월체가 존재합니다. 그런데 단 하나, 초월체가 존재하지 않은 차원이 있습니다."

"지구 말이군."

"네, 지구입니다."

레빈슨은 가볍게 한숨을 내쉬었다.

"이런 식으로 말하면 시간이 너무 오래 걸리겠군요. 제 마력도 한계가 있어 차원의 문을 계속 열어둘 수는 없습니다. 그럼 지금부터… 제가 가지고 있는 레비에 대한 신앙과 존경, 그리고 백 년이 넘는 시간 동안 쌓아온 모든 가치관을 배제하고 순수한 정보만 전달하겠습니다. 지구인인 당신이 알기 쉽게 말입니다."

레빈슨은 헛기침을 하며 말을 반복했다.

"초월체가 존재하지 않는 세계의 인간, 즉 지구의 인간에겐 다른 차원의 힘에 저항하는 항체가 없습니다. 이것은 장점이자 단점으로, 장점은 다른 차원에서 생존이 가능하다는 것이고, 단점은 다른 차원의 힘에 너무 쉽게 노출된다는 것입니다."

"그 단점도 장점 아닌가? 덕분에 오라나 마력을 빠르게 높였는데."

"문제는 보이디아 차원입니다. 보이디아 차원에 빨려간 인류는 순식간에 최강의 공허 합성체로 변질됩니다. 그리고 모든 차원을 자유롭게 넘나들며 그곳을 변질시킵니다."

나는 멸망 직전의 지구를 떠올리며 입술을 깨물었다.

"모든 차원을 보이디아 차원처럼 변질시킨다는 건가? 새까만 안개를 내뿜어서?"

"네. 그것이 레비께서 제게 보여주신 비전입니다. 그래서 저는 빛의 신의 명에 따라, 보이디아 차원이 '지구인'이라는 막강한 자원을 획득하기 전에 지구인을 멸종시키는 사명에 인생을 걸었습니다.

그것은 충격적인 이야기였다.

물론 레빈슨의 말을 순진하게 다 믿는 것은 아니다.

하지만 그의 말이 사실이라면, 어째서 이런 장대한 계획을 세워 지구로 귀환자를 보내는지에 대한 명확한 설명이 가능하다.

나는 혼란스러운 머릿속을 빠르게 정리하며 태연하게 말했다.

"당신의 말이 전부 사실이라고 가정해도, 지구인이 앉아서 멸종해야 할 이유는 안 돼."

"충분한 이유가 되지 않습니까? 지구인만 사라지면 다른 모든 차원이 구원받을 텐데요?"

"웃기지 마. 망할 거면 그냥 다 같이 망하라지. 희생할 거면 다 같이 희생하고."

"이기적인 생각이군요."

"앉아서 당하지 않겠다는 거다. 그리고 레비의 계획엔 허점이 있어."

순간 레빈슨의 표정이 일그러졌다.

"허점이라니, 무슨 허점 말입니까?"

"계획대로 지구인을 강력하게 육성해서 다시 지구로 보낸다고 치자고. 그래서 결국 지구인을 멸종시킨 다음엔 어떻게 할거지?"

"네?"

"지구인은 멸종해도 귀환자는 살아남을 텐데? 그것도 소드마스터나 아크 위저드 같은 막강한 지구인들이? 숫자는 적어도 결국 그 지구인들이 보이디아 차원에 흡수되면 더 위험한거 아닌가?"

설명을 들은 지 1분도 안 됐지만 그 정도 허점은 찾아낼 수있었다. 레빈슨은 잠시 당황하다 이내 미소를 지으며 고개를저었다.

"그건 상관없습니다. 세뇌 신관들에게 자살을 명령하면 되니까요."

"그걸 어떻게 알고? 지구인이 멸종했는지 아닌지 어떻게 알고 자살을 명령하지?"

"그야… 레비그라스에는 차원경이 있습니다. 차원경을 보고확인하면 됩니다."

나는 즉시 코웃음을 쳤다.

"차원경이 무슨 전 지구를 비춰주나? 당장 지구에 있는 인류만 해도 60억이 넘는다. 그중엔 재앙이 터지면 지하 수십 km에 있는 벙커에 들어가 숨을 예정인 인간들도 있어. 내가 아는 벙커만 전 세계에 수백, 아니, 수천 개가 넘는다. 그리고 벙커 하나당 수백 명에서 수천 명이 숨을 수 있지. 그 모두를 차원경으로 일일이 확인할 수 있다고? 지금 그걸 말이라고 하나?"

물론 허풍이다.

그렇다고 100퍼센트의 거짓말을 한 건 아니다. 레빈슨은 눈살을 찌푸리며 잠시 고민하다 말했다.

"확인할 방법은 따로 있습니다. 제 첫 번째 퀘스트인 '지구의 모든 인류를 절멸시켜라'입니다. 이 퀘스트가 성공으로 뜨면 바로 자살 명령을 내리면 됩니다. 안 그렇습니까?"

"안 그래."

나는 여유 있게 웃었다.

"그건 불가능해. 왜냐하면 너희들이 키운 귀환자도 지구의 인류인 건 마찬가지니까. 결국 귀환자까지 전부 죽지 않는 이상 그 퀘스트에 성공이 뜰 일은 없다. 그렇지 않나?"

"그건……."

레빈슨은 입술을 깨물었고, 나는 좀 더 몰아붙였다.

"그리고 빛의 신의 동기도 불순해. 단순히 지구인을 멸종시키는 게 목적이면 어째서 다른 신들의 성물을 파괴하라고 시키는 거지? 당신의 두 번째 퀘스트만 봐도 그렇지 않나? 결국 레비그라스 차원의 유일한 신이 되려는 지극히 이기적인 욕망을 가진 타락한 신이 아닌가?"

"이자가 감히!"

순간 우주복 안으로 보이는 레빈슨의 얼굴이 새빨갛게 물들었다.

하지만 레빈슨은 놀랄 만큼 빠르게 평정을 되찾았다. 그는 금방 미소를 지으며 천천히 고개를 저었다.

"…아니, 아닙니다. 제가 당신에게 화를 낸다고 변하는 건 없겠죠. 그보다도 놀랐습니다. 당신은 머리가 정말 좋군요. 역시 정신력이 높아서 그런 걸까요?"

"급할 때 빨리빨리 돌아가긴 하지. 그게 항상 정답은 아니지만."

나는 쓴웃음을 지으며 말했다.

"어쨌든 그쪽 계획은 허점투성이다. 그런 구멍 숭숭 뚫린 계획에 희생될 지구인을 생각하니 비참하기 짝이 없군."

"그 점에 대해서는 차차 보완하도록 하겠습니다. 어쨌든 감사하다는 말씀을 드려야겠군요. 덕분에 개선점을 찾아냈으니 말입니다."

"개선보다는 계획 자체를 파기하는 게 어떤가? 나한테 좋은 생각이 있는데."

"말씀하십시오. 남은 마력이 얼마 없지만 경청하도록 하겠습니다."

나는 손가락으로 천장을 가리키며 말했다.

"지구에는 신이 없어서 다른 차원에 대한 저항력이 없다고 했지? 그래서 보이디아 차원의 다른 차원 공략에 이용당할 우려가 있고?"

"우려가 아니라 확정된 미래입니다."

"아무튼 간에, 그럼 지금이라도 지구에 신을 가져가면 되잖아?"

"네?"

순간적으로 레빈슨의 표정이 멍청하게 무너졌다.

나는 회심의 미소를 지으며 가슴을 두드렸다.

"결국 신이란 초월체를 말하는 거지. 그리고 초월체의 본체는 성물이고. 그럼 지구에 성물을 가져가면 지구에도 신이 생기는 거잖아? 그럼 지구인에게도 다른 차원에 대한 내성이 생기지 않을까?"

"아······."

레빈슨은 멍한 얼굴로 한참 동안 침묵했다. 아무래도 맹점을 찌른 듯하다. 나는 코웃음을 치며 몰아붙였다.

"왜, 이건 생각 못 했나? 그럼 그쪽 신에게 이야기해 봐. 보다 확실한 해결책이 있으니까, 괜히 엄한 지구인을 멸종시키지 말고 평화적으로 해결하자고."

"그런······."

"아, 물론 내가 평화적이라고 말했다고 착각은 하지 말고."

나는 레빈슨을 향해 칼끝을 겨눴다.

"넌 내가 죽일 거니까. 무슨 일이 있더라도."

"갑작스럽군요. 제가 무슨 짓을 했다고 그렇게까지 집착하십니까?"

"지구인을 강제로 소환해서 죽이고 세뇌시켰지."

"신의 뜻에 따랐을 뿐입니다. 그리고 고작해야 수백 명뿐입니다. 그들이 당신의 가족이라도 됩니까? 수천만, 아니, 수억의 인간을 살리기 위해 그 정도 희생과 도전은 불가피하지 않습니까?"

"웃기시네. 넌 이미 수십억을 죽였어."

"부정하진 않겠습니다. 다만 죽인 건 아닙니다. 죽일 예정이죠."

내게 있어 미래와 과거는 동일했다. 나는 내가 담을 수 있는 모든 분노를 담아 적을 노려보았다.

레빈슨은 몸을 살짝 뒤로 빼며 말했다.

"어디 할 수 있으면 해보십시오."

진심으로 하고 싶다.

지금 당장 저 통로 너머로 달려가, 두꺼운 유리를 박살 내고 적의 목을 따버리고 싶다.

하지만 여기서 한 발 더 들어가면 오비탈 차원이다.

지금 저 너머로 들어간 다음, 레빈슨이 차원의 통로를 닫아버린다면?

'침착해라. 지금은 냉정해야 해.'

물론 레빈슨을 정말 죽일 수만 있다면, 오비탈 차원에 갇혀 영원히 돌아오지 못한다 해도 상관없다.

하지만 레빈슨은 일부러 통로를 열어놓고 날 기다리고 있었다. 그렇다면 함정이다. 분명 차원 너머에서 만반의 준비를 갖추고 있을 것이다.

그러자 두 차원 사이에 열려 있던 공간이 서서히 닫히기 시작했다. 나는 한 발 뒤로 물러나며 나지막한 목소리로 중얼거렸다.

"기다려라, 레빈슨. 너만은 용서 못 해. 넌 이미 지구인을 멸종시켰거든. 내 기억 속에서……"

*   *   *

무너진 저택 위로 다시 올라오자, 피 묻은 칼을 쥐고 있는 이고르의 모습이 보였다.

"어쩔 수 없었어."

이고르는 손에 쥔 칼을 떨어뜨리며 눈을 질끈 감았다. 나는 바닥에 널브러진 또 다른 지구인, 뱅크스의 시체를 보며 한숨을 내쉬었다.

"그사이에 정신을 차렸습니까?"

"그래. 갑자기 눈을 뜨고는 미친 듯이 공격하더라고. 난 요령 좋게 기절시키는 방법을 몰라서."

"…죄송합니다."

나는 바닥에 떨어진 칼을 주워 이고르에게 돌려주었다.

"제 잘못입니다. 아직 세뇌가 안 풀린 사람인데… 너무 경솔하게 생각했습니다."

"어떻게 된 거지? 왜 저 남자는 세뇌가 안 풀린 거야! 우리들은 세뇌가 풀렸는데!"

이고르는 저택의 잔해에 몸을 숨기고 있는 또 다른 지구인을 가리켰다.

"그저 운입니다."

입맛이 쓰다.

하지만 나는 그렇게 대답할 수밖에 없었다.

"저택을 습격하는 과정에서 두 분의 세뇌 신관은 죽었고, 뱅크스의 세뇌 신관은 죽이지 못한 것뿐입니다."

"빌어먹을… 도망친 건가? 그 바닥에 그려진 육망성 같은 걸로?"

"세뇌당했을 때 기억이 있습니까?"

나는 솔깃하며 물었다. 이고르는 눈살을 찌푸리며 잠시 생각하다 고개를 끄덕였다.

"약간은. 꿈꾸는 것처럼 희미하지만… 반대로 지옥처럼 생생했지."

"저택에서 있었던 일 중에 뭔가 기억나는 게 있습니까? 아니면 지구인 수용소라든가?"

"정확히 무슨 기억? 강제로 수련받던 건 끔찍하게 기억난다만."

"신관들이 나누던 이야기 같은 것 말입니다. 주변에서 하는 이야기를 혹시 못 들으셨습니까?"

"아, 그러고 보니⋯⋯."

이고르는 손뼉을 치며 눈을 반짝였다.

"처음 여기로 왔을 때 뭔가 이야기를 들었던 기억이 나. 신관들이 모여서 무슨 거점에 대한 이야기를 하고 있었지."

내가 알고 싶은 정보가 바로 그것이다. 나는 귀를 세우며 이고르의 말을 경청했다.

"문주한이라는 인간이 무슨 특별한 능력이 있어서, 여기도 언제 발각될지 모른다고 하더라고. 그래서 새로운 거점으로 옮겨야 하는데⋯ 아, 당신 이름이 주한이라고 했지? 그놈들이 말하던 게 당신인가?"

"그럴 겁니다. 새로운 거점에 대해서는 뭐라고 하던가요?"

"그게 그러니까⋯ 발견되어도 쳐들어올 수 없는 장소라고 했어. 무슨 바람의 왕 어쩌고 하던데."

"바람의 왕요?"

"응. 바람의 왕 근처라고⋯ 근데 확실하진 않아. 세뇌당해 있을 때 들은 이야기라."

'바람의 왕은 바람의 정령왕을 말하는 건가?'

나는 눈살을 찌푸리며 생각했다. 이고르는 힘줄이 솟은 자신의 손을 쥐었다 펴며 고개를 갸웃거렸다.

"그런데 말이야. 괴상한 일이지만 갑자기 강해졌어."

"네?"

"내가 강해졌다고. 그냥 느낌으로 알아. 최소한 두 번은 강해졌어."

"그건 아마도… 레벨이 오른 걸 겁니다."

나는 쓴웃음을 지으며 남자의 어깨를 두드렸다.

"축하합니다, 이고르. 아무래도 좀 전에 제가 사냥한 오우거들의 스텟을 함께 나눠 먹은 것 같네요."

＊　　　＊　　　＊

동시에 지구인 스무 명을 탈출시키는 건 엄청난 난제였다.

하지만 두 명이라면 나 혼자의 힘으로 충분했다. 나는 끔찍한 혹한으로부터 두 명의 지구인을 케어하며 얼음 대륙의 남서쪽으로 계속 이동했다.

목표는 빙해에 떠 있는 수송선이다. 나는 맵온을 통해 바다 위에 떠 있는 붉은 점들을 확인한 다음, 가장 가까운 육지에서 하늘을 향해 폭죽을 쏘아 올렸다.

＊　　　＊　　　＊

"다행이네! 그래서 두 사람 모두 무사히 돌려보낸 거니?"

엑페가 물었다. 나는 뜨거운 수프에 적신 빵을 먹으며 고개를 끄덕였다.

"네. 두 명뿐이라 아쉽지만요. 하지만 두 명 모두 장래가 촉망되는 인재들입니다."

"그거 좋네. 언젠가 두 명 모두 소드 마스터가 될 수 있을 것 같아?"

"거기까지는 모르겠습니다. 하지만 3단계 소드 익스퍼트는 될 수 있을 겁니다."

그것은 과거이자 미래의 기억이었다. 엑페는 시시하단 표정을 지으며 어깨를 으쓱였다.

우리가 있는 곳은 얼음 대륙으로부터 가장 가까운 조그만 항구 마을이다.

빙해가 얼어붙는 겨울이면 어업이 중단되기 때문에, 돈을 쓰러 방문한 외지인에게 비교적 호의적이었다. 스텔라는 음식점 직원이 서비스로 가져다준 말린 생선찜을 보며 눈살을 찌푸렸다.

"그런데 오우거들이 인간을 먹이로 삼고 있었다고? 여기 마을 사람들의 이야기로는 가끔 주민들이나 외지인이 실종된다고 하던데."

"아마도 오우거들이 식용으로 쓰려고 납치해 간 거겠지. 나중에 다시 가서 몰살시켜야겠어. 이미 반쯤 죽여 놓긴 했지만."

"스텟은 어떻게 됐는데?"

"많이 오르진 않았어. 다른 지구인과 나눠 먹은 것도 있고, 내가 레벨이 너무 높아서 그런지, 수준이 차이 나는 몬스터는 아무리 잡아도 오러가 제대로 오르지 않는 것 같아."

그게 아니라면, 이젠 몬스터를 잡아서 올리는 오러의 양도 한계에 도달했을지 모른다. 그러자 엑페가 혀를 내두르며 너무하다는 표정을 지었다.

"얘는? 여기서 더 강해져서 뭘 어쩌려는 거니? 자꾸 그러면 이 누나가 더 힘들어지잖아. 지금도 어떻게 하면 좀 더 격차를 줄여서 대련을 할지 고민 중인데."

대단히 쓸데없는 고민이었다. 나는 쓴웃음을 지으며 한쪽 어깨를 으쓱였다.

"그래봤자 순수한 오러만 치면 당신이 저보다 강합니다. 오히려 제가 오러를 더 높인 다음에, 마법의 힘을 빌리지 않고 싸우는 편이 좋지 않을까요?"

"그것도 나쁘지 않지만… 뭐, 그래. 다 나중 일이지. 그보다도 이제 어떻게 할 거니? 일단 뱅가드로 돌아와서 친구들이랑 상의할 거니? 아니면 예정대로 정령왕이 있는 곳으로 가본다던가?"

엑페가 말하는 정령왕은 대지와 냉기의 정령왕이다. 나는 창문 사이로 휘몰아치는 눈보라를 보며 잠시 동안 고민했다.

"그런데 엑페, 대지의 정령왕과 냉기의 정령왕이 정말 한곳에 있습니까?"

"정확히 한 장소에 사이좋게 있는 건 아니고, 약간 떨어진 곳에 있어. 그래봤자 1㎞ 정도일까?"

"그렇군요. 그런데 냉기의 정령왕은 왜 그런 곳에 있는 겁니까?"

엑페가 말한 두 정령왕의 거처는 제국령에서 가장 거대한 노천 광산의 지하였다.

물론 대지의 정령왕은 상관없다. 하지만 냉기의 정령왕이 있을 곳으로는 전혀 어울리지 않는다.

오히려 여기나 얼음 대륙이 어울릴 것이다. 엑페는 곧장 고개를 저으며 말했다.

"몰라. 내가 어떻게 알겠니?"

"지금까지 두 정령왕의 분쟁을 중재했다고 하시지 않으셨습니까?"

"했지. 그런데 내가 한 중재는 대화가 아니야."

"네?"

"내가 무슨 정령사도 아닌데 어떻게 정령들과 대화를 하겠어? 그냥 힘으로 해결한 것뿐이야. 아니, 퀘스트가 해결되지 않은 걸 보면 제대로 해결한 것도 아니겠지?"

엑페는 어깨를 으쓱였다. 나는 한참 동안 생각하다 고개를 끄덕였다.

"알겠습니다. 그럼 예정대로 정령왕들을 만나러 가죠."

"얼음 대륙에서 꽤 심각한 이야기를 들은 것 같은데, 곧바로 돌아가서 이야기 않아도 돼? 그 회장님이라든가."

"간략한 이야기는 수송선의 선장에게 전해놨습니다. 당장은 어떻게든 새로운 퀘스트를 얻어 해결하는 게 우선입니다."

그래야 또다시 같은 일이 터졌을 때 주저하지 않고 다른 차원으로 넘어갈 수 있을 것이다. 나는 오비탈 차원의 유리벽 너머에 앉아 있던 레빈슨의 모습을 떠올리며 주먹을 움켜쥐었다.

※　　　　※　　　　※

두 정령왕을 찾아 이동하며, 나는 스텔라와 함께 당면한 의문에 대해 이야기를 나눴다.

"레빈슨은 레비그라스인이면 어떻게 오비탈 차원에 생존할 수 있는 거지?"

스텔라가 물었다. 나는 레빈슨이 입고 있던 우주복을 떠올리며 대답했다.

"오비탈 차원은 과학이 극도로 발전했지. 어쩌면 다른 차원의 인간을 장시간 생존시킬 수 있는 기술을 확보했을지도 몰라. 당장 우주복 같은 걸 입고 있었고."

"혹시 레빈슨이 있던 곳이 오비탈 차원이 아니라면?"

"적어도 다른 차원인 건 확실해. 소드 스톰을 막아낼 유리 같은 건 레비그라스가 아니라 지구라도 개발하기 힘들 테니까. 차원을 넘어가면 힘이 약해진다는 것도 사실인 것 같고."

"그러네. 그럼 빼돌린 지구인도 함께 오비탈 차원으로 넘어간 거야?"

그럴 가능성이 매우 높았다. 나는 잠시 생각하다 고개를 끄덕였다.

"지구인은 그 우주복 없이도 다른 차원에서 생존할 수 있을 테니까. 문제는 없겠지."

"그럼 그 지구인을 컨트롤하는 세뇌 신관들은?"

"세뇌 신관은 아직 레비그라스에 남아 있을 확률이 높아."

"왜? 오비탈 차원에 준비한 우주복이 부족해서?"

"그건 나도 모르지만… 그보다 내가 막 비밀 거점에 도착했을 때 신관들이 정신없이 텔레포트 게이트를 사용하고 있었거든. 어딘가 다른 비밀 거점에 숨어 있는 게 아닐까?"

거기에 세뇌에서 풀려난 지구인, 이고르의 증언도 있다. 나는 마차의 창밖을 바라보고 있는 엑페를 향해 물었다.

"그런데 엑페, 혹시 바람의 정령왕도 알고 계십니까?"

"응? 바람?"

엑페는 눈을 동그랗게 뜨며 고개를 저었다.

"아니, 그건 잘 모르겠는데. 아, 물의 정령왕이라면 소문을 들었어, 제국령에 에델가 폭포란 곳이 있는데……."

"거긴 이미 다녀왔습니다."

나는 물의 정령왕인 아쿠렘을 떠올리며 말했다.

"세뇌에서 풀려난 지구인이 바람의 정령왕에 대해 말했습니다. 그곳에 대신전의 비밀 거점이 있다고 하더군요."

"바람의 정령왕은 잘 모르겠는데… 아, 불의 정령왕이 있을 법한 곳도 알고 있어. 자유 진영에 카라돈 산맥이란 곳이 있거든? 거기 깊숙한 곳에 엘프들이 사는 마을이 있는데……."

"카라돈 산맥에 있는 불의 동굴도 이미 다녀왔습니다."

나는 쓴웃음을 지으며 고개를 저었다.

"혹시 바람과 관련된 유명한 곳은 모르십니까? 꼭 정령왕에 대한 소문은 없더라도, 뭔가 바람이 심하게 불어서 일반인의 접근이 어려운 오지라든가 말입니다."

"글쎄, 바람은 잘 모르겠네. 나도 백 년 넘게 전 세계를 돌아다녀 봤는데 말이야."

엑페는 어깨를 으쓱이며 말했다.

"아무튼 세뇌 신관이 아직 이쪽 세계에 남아 있다면 찾아야지. 아무리 지구인이 미래에 강해진다 해도, 결국 세뇌 신관을 제거하면 끈 떨어진 풍선 아니겠어?"

만약 그렇게 되면 세뇌가 풀린 지구인은 더욱 끔찍한 일을 당할 것이다. 오비탈 차원에서 적들에게 공격당해 죽든가, 아니면 한층 더 심각한 '기계화'의 희생자가 될 수도 있다.

하지만 그렇다고 세뇌 신관을 그대로 내버려 둘 수도 없는 노릇이다. 나는 마음의 동요를 감추며 고개를 끄덕였다.

"어떻게든 찾아내야 합니다. 빼돌린 지구인들이 오비탈 차원에 전부 넘어갔다고 장담할 수도 없으니까요."

"그런데 주한?"

"응?"

나는 스텔라를 바라보았다. 그녀는 푸른 눈동자를 깜빡이며 새로운 의문을 제시했다.

"빛의 신의 성물은 어디에 있을까?"

"응?"

"설마 그것도 오비탈 차원으로 가져갔을까? 지구인이 들게 해서?"

"그럴지도 모르지. 그게 왜?"

"당신이 레빈슨한테 말했잖아. 지구에 성물을 가져가면 지구에도 신이 생기는 거라고. 그래서 보이디아 차원의 저주로부터 보호받을 수 있다고."

"아, 그랬지. 물론 확실하진 않지만."

"그럼 반대로 레비의 성물을 오비탈 차원에 들고 가면, 레비가 오비탈 차원의 신이 되는 걸까? 만약 그렇게 되면 오비탈 차원의 신은 어떻게 돼? 그쪽도 그쪽 세계를 담당하는 신이 있었으니까 보이디아 차원의 공격으로부터 안전한 거 아니겠어? 그럼 두 신이 공존하나? 아니면 서로 싸우나?"

· 82장 ·
정령 전쟁

서로 다른 차원의 신.

　그것은 상상력의 한계를 초월하는 의문이었다. 나는 두뇌에 과부하가 걸리는 걸 느끼며 가볍게 머리를 흔들었다.

　"거기까지는 나도 모르겠군. 당장 어떻게 알 수 있는 일도 아니고."

　"만약 내 생각이 맞는다면, 레비의 성물은 아직 레비그라스에 있을 거야. 그걸 다른 차원에 가져가는 건 너무 위험해. 레빈슨의 입장에선 말이지."

　스텔라는 그렇게 확신했다. 나는 일리가 있다고 생각하며 고개를 끄덕였다.

"그렇다면 최소한 한 명 이상의 지구인이 레비그라스에 남아 있다는 말이군. 성물을 이동시키기 위해선 지구인이 필요하니까."

"맞아. 그리고 레빈슨은 그 지구인이 있는 비밀 거점으로 언제든지 돌아올 수 있을 거야."

"아마도. 하지만 레빈슨이 지금 레비그라스에 없는 건 확실해."

"어떻게 알아? 그 사이에 다시 돌아왔을지도 모르잖아?"

"감정의 각인으로 표시가 안 돼."

나는 고개를 저었다.

초월 능력인 '최상급 감정의 각인'은 대상이 어디에 있더라도 상관없이 감정을 진행할 수 있다.

[감정(최상급)은 행성 단위로 모든 것을 감정할 수 있다.]
[감정(최상급)은 하루 사용 횟수가 10회로 한정된다.]

나는 감정의 각인을 작동시키며 레빈슨을 떠올렸다.

하지만 각인은 작동하지 않았다. 그렇다면 레빈슨은 이미 이 행성에 존재하지 않는다는 것을 의미한다.

그러자 엑페가 호들갑을 떨며 소리쳤다.

"어머어머어머! 감정의 각인으로 그런 것도 알 수 있니? 그거 그냥 완전 쓸데없는 각인 아니었어?"

"등급을 높이면 좋아집니다. 퀘스트도 많이 가지고 계시니한번 만들어보시는 게 어떨까요?"

"응? 에이, 그건 안 돼. 혹시 퀘스트 해결하면 오러를 높여야지. 그래야 너랑 좀 더 농밀하게 싸울 수 있지 않겠어?"

엑페는 단칼에 거부했다. 나는 쓴웃음을 지으며 고개를 저었다.

"단어의 선택이 이상하지만⋯ 무슨 의미인지는 확실히 알겠습니다."

"그리고 내 퀘스트는 더 이상 해결하는 게 힘들어. 지구로넘어가서 생존하라느니, 오비탈로 넘어가서 생존하라느니⋯이런 걸 어떻게 하니? 신들도 너무 과한 걸 바라야지. 그리고자식을 낳아서 소드 마스터로 육성하라고? 내 나이가 200을넘었는데 대체 어떻게 애를 낳으라는 거야?"

엑페는 한탄하듯 말했다.

물론 겉보기에는 30대 중반 정도로밖에 안 보였지만, 어쨌든 자식을 소드 마스터로 키우라는 건 과한 퀘스트임에 틀림없다.

일단 자식에게 부모와 같은 재능이 있을지가 의문이다. 그리고 엑페 스스로가 퀘스트를 통해 대량의 오러를 높인 것이다.

"그리고 마력을 각성하라느니, 저주를 각성하라느니⋯ 난오러밖에 재주가 없다고."

"저주는 그냥 쌓으면 되지 않습니까?"

"어떻게, 사람을 막 죽여서? 웃기지 말라고 해."

엑페는 마차의 천장을 곁눈질하며 말했다.

"그런 건 이쪽이 사양이란다. 퀘스트도 사람을 보고 좀 내려야지 원……."

"그럼 당장 해결할 수 있는 건 정령왕들의 분쟁을 중재하는 것뿐이군요."

"맞아. 하지만 그것도 이젠 반쯤 포기했어. 벌써 백 년 동안 중재했는데도 해결 안 된 걸 보면 뭔가 방법 자체가 잘못된 거야."

엑페는 길게 한숨을 내쉬었다.

하지만 이번엔 다를 것이다. 정령의 목소리를 들을 수 있는 '정령사'와 함께라면, 두 정령왕의 진짜 문제를 해결할 수 있을지도 모르니까.

"그보다도 아까 말했던 그 감정의 각인 말인데, 그거 정말 아무거나 다 감정할 수 있는 거야? 그리고 감정을 하면 뭐가 표시되는데?"

엑페는 화제를 돌렸다. 나는 잠시 생각하다 고개를 저으며 말했다.

"뭐든 다 감정할 수 있는 건 아닙니다. 일단 제가 한 번이라도 직접 본 것만 가능합니다. 특히 사람은 말이죠. 표시되는 건 현재 몸 상태의 변화라든가… 이것저것 나옵니다."

"그래? 그럼 지금 내 상태는 어떻게 변하고 있는데?"

"오러가 천천히 성장하고 있다고 나오는군요."

그리고 나에 대해 엄청난 신뢰와 호감을 가지고 있다고 나옵니다.

차마 거기까지는 말할 수 없었다. 엑페는 입을 O 자로 만들며 되물었다.

"정말? 오러가 아직도 성장하고 있어?"

"네."

"이야, 그거 좋네! 나도 아직 죽지 않았구나."

엑페는 상당히 기뻐했다. 나는 기뻐하는 엑페를 보다, 무심결에 어떤 의문을 떠올렸다.

'감정의 각인은 행성 단위로 모든 것을 감정할 수 있다. 그럼 행성 자체의 감정도 가능할까? 그런데 행성을 감정하면 뭐가 표시되지?'

테스트해 본다고 손해 볼 건 없다. 나는 즉시 머릿속에 레비그라스 전체를 이미징했다.

"......"

나는 숨 쉬는 것도 잊은 채 감정 창을 노려보았다.

[행성. 독립된 차원. 현재 다른 차원에 의해 느린 속도로 침식당하고 있음. 지구: 0.14%, 오비탈: 1.16%, 보이디아: 21.04%]

                    *   *   *

　카돈 노천광.

　제국령의 북동쪽 끝에 길게 튀어나온 라칸 반도의 중심부
에 위치한 광산으로, 불과 100여 년 전까지만 해도 활발하게
채굴이 진행되던 금광이라고 한다.

　하지만 지금은 노천광은 물론이고, 라칸 반도 자체가 인간
이 살지 않는 불모지가 되었다.

　지진.

　그리고 냉해.

　하루가 멀다 하고 격렬한 지진이 반도 전체를 뒤흔들었고,
얼어붙은 땅이 녹지 않아 모든 풀과 나무가 사라져 버렸다.

　"땅이 계속 흔들리는군요."

　라칸 반도에 발을 들여놓은 지도 이틀이 지났다. 나는 5분
간격으로 끊임없이 흔들리는 지면에 학을 떼며 주변을 살폈
다.

　불모지.

　얼어붙은 대지 위엔 말 그대로 아무것도 없었다. 엑페는 칼
끝으로 지면을 긁으며 어깨를 으쓱였다.

　"이건 별거 아니야. 내가 마지막으로 김을 뺀 게 5년쯤 전이
거든. 본격적으로 끓어오르려면 아직 멀었어."

　"김이라니, 어떤 김 말입니까?"

"어차피 너도 곧 보게 되겠지만……."

엑페는 멀리 지평선 너머를 바라보며 말했다.

"좀 더 가면 노천광이 나와. 거기서 아래로 내려가면 정령들이 서로 싸우고 있어."

"두 정령왕이 육탄전을 벌이고 있다는 말씀입니까?"

"그런 걸 내가 중재할 수 있겠어? 정령왕이 아니라 정령들이 싸우고 있다고."

"그럼 어떻게 중재하십니까?"

"정령들을 때려잡아서."

"네?"

"내가 칼로 때려잡는다고. 양쪽 정령 모두. 알겠니? 그럼 지진이 약해져. 냉해도 그렇고."

그것은 대단히 폭력적인 중재 방식이었다. 나는 눈살을 찌푸리며 반론했다.

"뭔가 잘못하고 있는 게 아닐까요? 아니, 애초에 두 정령왕은 왜 거기서 힘 싸움을 벌이고 있는 겁니까?"

"내가 그걸 알면 백 년 동안 퀘스트를 해결하지 못하고 있겠니? 그러니 네가 좀 들어가서 잘해봐. 너 정령사라고 했지?"

"정확히는 최상급 언어의 각인을 가진 것뿐입니다."

"그게 그거지, 뭐. 그보다도 이 누나는 좀 다른 게 불안하단다."

엑페는 내 어깨를 쿡쿡 찌르며 말했다.

"그거 정말이야? 레비그라스가 보이디아 차원에 침식당하고 있다는 거? 벌써 20퍼센트도 넘는다고?"

나는 고개를 끄덕였다. 엑페는 불안한 얼굴로 몸서리를 치며 고개를 저었다.

"진짜 곤란하다니까… 내가 세상에서 가장 싫어하는 게 저주야. 보이디아 차원이 바로 저주의 차원이지? 저주 스텟도 그렇고, 저주 마법도 그렇고. 움직이는 시체나 뼈다귀도 그렇고. 전부 끔찍해."

"그보다는 우주 괴수가 더 큰 문제입니다."

"공허 합성체 말이지? 전에 성도에 나왔던. 그래도 그 녀석은 해골이나 시체만큼 끔찍하진 않은데 말이야."

"하지만 시체와는 비교조차 할 수 없을 만큼 강력합니다. 제가 해치운 녀석은 아직 완전한 상태도 아니고요."

"완전한 상태가 아니라고?"

"훨씬 더 크고, 훨씬 더 강력한 괴물이 있습니다. 만약 그런 괴물들이 레비그라스에 자연적으로 발생하기 시작하면 걷잡을 수 없을 겁니다."

나는 멸망한 지구의 최후를 떠올리며 치를 떨었다. 엑페는 눈을 가늘게 뜨며 잠시 생각하다 말했다.

"마치 보이디아 차원에 다녀온 것처럼 말하네. 뭐, 아무튼 간에 위협적인 건 마찬가지니까. 어떻게 하면 그 침식을 막을 수 있는 거야?"

"모릅니다."

나는 고개를 저었다.

"일단 그 20퍼센트라는 수치가 정확히 어떤 걸 의미하는지조차 모릅니다. 어쩌면 단지 레비그라스인이 다루는 '저주'의 스텟 때문에 그런 걸 수도 있죠. 아니면 최근에 나타난 두 마리의 우주 괴수가 주변에 뿌린 검은 안개 때문일지도 모릅니다. 하지만 아직 위험 단계는 아닌 것 같습니다."

"어째서? 20%면 무려 5분의 1이라고? 이미 상당히 진행된 거 아냐?"

"하지만 적어도 태양이 뜨니까요."

나는 하늘을 올려다보며 말했다.

"이게 더 심각해지면 하늘 전체가 검은 기운에 뒤덮입니다. 아직 그럴 조짐은 전혀 없지만… 그래도 중요한 문제임엔 틀림없습니다. 이번 일만 끝나면 곧바로 뱅가드에 돌아가서 대책을 마련해야겠습니다."

"꼭 좀 마련해 봐. 난 저주가 진짜 싫으니까."

엑페는 오한이 드는 듯 몸을 떨었다. 나는 쓴웃음을 지으며 속으로 생각했다.

'다른 건 몰라도 빅맨만큼은 절대 만나지 못하게 해야겠군. 저주 스텟에 대한 결벽증이라……'

그렇게 얼마나 더 이동했을까.

멀리서도 확연하게 알 수 있는, 거대한 지면의 소용돌이가 눈앞에 모습을 드러냈다.

노천광.

지상의 폭만 해도 무려 10km가 넘는 거대한 광산으로, 나선형으로 파 내려간 광도만 봐도 눈이 어지러워질 지경이었다.

"자, 여기가 카돈 노천광이야."

엑페는 가파른 절벽 앞에서 걸음을 멈추며 말했다.

"입구는 반대쪽이긴 한데, 우린 그냥 폴짝폴짝 뛰어 내려가면 돼. 300층 정도 내려가면 바닥이 나와."

"300층이라."

나는 절벽 아래로 까마득하게 펼쳐진 광도를 보며 물었다.

"한 층이 10미터쯤 되니… 바닥까지 내려가면 수직으로 3킬로미터는 되겠군요."

"어마어마하지? 예전엔 여기서 하루에 수백 kg씩 금을 캤대. 제국에서도 가장 활발하고 부유한 땅이었어. 지금은 아무도 안 살지만."

엑페는 어깨를 으쓱이며 스텔라를 돌아보았다.

"그런데 정말 혼자 남아 있어도 되겠니?"

"전 걱정하지 마세요, 엑페."

스텔라는 빙긋 웃으며 고개를 저었다.

"저는 어지간해서는 위험해지지 않으니까요. 두 사람이 내려갔다 오는 동안 여기서 기다리고 있겠습니다."

스텔라는 그렇게 말하며 한 발 뒤로 물러났다. 나는 맵온을 통해 라칸 반도 전체를 몇 번이나 확인한 다음 말했다.

"일단 이 반도엔 단 한 명의 인간도 없어, 우리 말고는. 내가 아는 모든 종류의 몬스터도 없고, 별일은 없겠지만… 그래도 조심해."

"내 걱정은 하지 마. 그보다도 새 퀘스트는 생겼어?"

나는 고개를 저었다. 스텔라는 작게 웃으며 격려했다.

"실망하지 마. 저 아래로 내려가면 그때 생길지도 모르니까."

"그럼 좋겠군. 그럼 최대한 빨리 다녀올게."

나는 고개를 끄덕이며 엑페를 돌아보았다. 엑페는 훈훈한 얼굴로 미소를 지으며 고개를 끄덕였다.

"그래그래. 젊은것들이 역시 예쁘다니까? 좋아. 그럼 슬슬 내려가 볼까?"

엑페는 주저 없이 절벽 아래로 몸을 던졌다. 나는 스텔라와 시선을 교환한 다음, 엑페를 따라 노천광산 아래로 뛰어 내려 가기 시작했다.

*　　　*　　　*

처음에는 별다른 이상이 느껴지지 않았다.

하지만 100층 정도를 뛰어 내려가자 진동이 점점 강해졌고, 200층을 내려가자 얼음 대륙에 필적하는 한기가 솟구치기 시작했다.

"진짜 소드 마스터나 되니까 이렇게 뛰어 내려가지! 평범한 인간이 맨 밑까지 가려면 사흘 밤낮을 걸어도 안 돼!"

엑페는 한 번에 서너 칸을 뛰어 내려가며 소리쳤다. 하지만 제아무리 소드 마스터라 해도, 나중에 다시 위로 올라갈 걸 생각하니 머릿속이 아득해졌다.

'올라올 때는 오러 윙을 써서 비행이라도 해야겠군. 3단계 소드 익스퍼트까지는 활강 정도가 한계였지만, 소드 마스터는 상승도 가능할 테니……'

쿠구구구구구……

아래로 내려갈수록 정체불명의 소음이 점점 더 크게 울리기 시작했다. 나는 엑페를 향해 소리쳤다.

"이거 무슨 소리입니까?"

"정령들이 싸우는 소리!"

엑페는 곧바로 뜀박질을 멈추며 지면에 몸을 붙였다. 나 역시 그녀의 옆에서 멈추며 가볍게 숨을 돌렸다.

"왜 그러십니까?"

"거의 다 왔어!"

엑페는 절벽 너머 캄캄한 무저갱을 노려보며 소리쳤다.

"스무 층 정도만 더 내려가면 광장이야!"

"광장요?"

"두 정령왕의 부하들이 충돌하는 곳! 벌써부터 소리가 요란하지?"

그 탓에 소리를 지르지 않으면 의사소통이 힘들 지경이었다. 엑페는 손가락으로 동쪽과 서쪽을 번갈아 가리키며 말했다.

"여기서 정해! 돌덩어리가 땅의 정령이고 얼음덩어리가 냉기의 정령이야!"

땅의 정령왕과 냉기의 정령왕은 서로 다른 곳에 있다.

결국 먼저 만날 정령왕을 선택해야 한다. 나는 마지막까지 고민한 다음 소리쳤다.

"냉기요!"

"좋아! 그럼 얼음덩어리가 나오는 동굴로 들어가!"

엑페는 그렇게 말하며 깊은 무저갱 속으로 몸을 던졌다. 나 역시 한 번에 광장까지 추락할 기세로 몸을 날렸다.

*   *   *

그곳은 난투장이었다.

달리 뭐라 표현할 방법이 없다. 수백 마리의 거대한 정령들이 양 진영으로 갈라져 격렬한 몸싸움을 벌이고 있었다.

땅의 정령은 바위와 흙이 뭉쳐 만들어진 4미터 정도 크기의 덩치였다.

재밌는 건 냉기의 정령이었다. 예상은 얼음덩어리였는데, 실제로는 땅의 정령과 비슷한 외모를 가지고 있었다.

차이가 있다면 표면에 두꺼운 얼음이 얼어붙어 있다는 정도다. 두 정령은 사람 머리통보다 큰 주먹을 마구 휘두르며 상대방의 몸을 박살 내고 또 박살 냈다.

콰과과과과과과과광!

콰광! 쾅! 콰과과과광!

쿠구구구구궁! 콰과광!

엄청난 소음이다.

그리고 나는 그 소음의 중심부에 착지했다.

착지 순간, 몸을 회전하며 동시에 두 마리의 정령을 베어 넘겼다.

파지지지지지지직!

칼끝에 느껴지는 감촉이 단단하다.

하지만 그 일격에 정령들이 박살 나며 사방으로 흩어졌다. 나는 형태를 잃고도 여전히 꿈틀거리는 돌덩어리를 보며 입술을 깨물었다.

'여기서 시간을 오래 끌면 안 되겠군.'

나는 상대적으로 냉기의 정령들이 많은 쪽을 향해 몸을 날렸다.

콰직!

콰직!

콰지지직!

정령들은 스치듯 칼을 휘두르는 것만으로도 유리 조각처럼 박살 났다. 나는 새로운 정령들이 마구 쏟아져 나오는 동굴을 발견하고는 그쪽으로 몸을 틀었다.

"동굴로 진입하기 전에 그쪽 광장에 있는 정령들을 좀 줄여놔. 알았지? 그래야 내가 반대쪽에서 버티기 쉬우니까."

문득 엑페의 목소리가 떠올랐다. 나는 동굴로 진입하기 직전에 사방으로 컴팩트 볼을 마구 던져댔다.

콰과과과과과과광!

콰과과과과과광!

순식간에 수십 마리의 정령이 산산조각으로 흩어졌다.

그런데 그 순간.

"……."

일순간 수백 마리의 정령의 시선이 내게로 집중되는 것이 느껴졌다. 나는 자신도 모르게 숨을 죽이며 동굴을 향해 달리기 시작했다.

그때 목소리가 들렸다.

─또 왔구나! 인간!

그것은 분노와 증오에 가득 찬 목소리였다.

'냉기의 정령왕의 목소리인가?'

나는 온몸에 오한이 돋는 걸 느끼며 동굴을 향해 몸을 날렸다.

동굴 안은 칠흑처럼 캄캄했다.

빛이라곤 내 몸에서 숫구치는 보라색 오러와 새빨간 불길이 전부였다.

동굴의 폭과 높이는 냉기의 정령 두 마리가 나란히 설 수 있을 정도로 넓었다.

문제는 정말로 두 마리의 정령들이 수십 겹으로 길을 막고 있다는 것이다. 나는 정령의 벽을 힘으로 뚫으며 동굴 안쪽으로 돌파를 감행했다.

콰지지지지직!

─증오스러운 인간! 감히 인간 주제에 왜 내 일을 방해하는 거냐!

콰광! 콰과과광!

─오지 마! 이젠 정말 끝장을 보려 하는 거냐!

콰과과과과과과광!

─지긋지긋해! 그래! 좋아! 나도 더 이상 못 참겠어!

정령왕의 목소리는 점점 더 심각해졌다. 나는 뭔가 큰 착각을 하고 있었다는 기분을 지울 수가 없었다.

'이거 뭔가 이상한데? 이대로 들어가면 냉기의 정령왕과 싸워야 하는 게 아닌가?'

내 목표는 전투가 아니라 퀘스트를 받고 해결하는 것이다. 나는 실시간으로 퀘스트 창을 확인하며 초조하게 정령의 벽을 돌파했다.

그리고 그 순간, 정말로 새로운 퀘스트가 발생했다.

퀘스트1: 회귀의 반지를 파괴하라(최상급)

퀘스트2: 신성제국을 무너뜨려라(최상급)

퀘스트3: 냉기의 정령왕의 분노를 잠재워라(최상급)

"뭐?"

나는 눈을 부릅떴다.

이것은 내가 기대한 퀘스트가 아니었다.

'정령왕의 힘을 얻어라'라든가, 혹은 엑페의 퀘스트와 동일한 '냉기의 정령왕과 대지의 정령왕의 분쟁을 중재하라' 같은 걸 기대하고 있었다.

'분노를 잠재우라고? 대체 뭘 하면 잠재울 수 있는데? 아니, 그보다 애초에 왜 분노하고 있는 거지?'

의문점이 너무 많다.

그리고 난이도가 최상급이다. 같은 난이도인 1번 퀘스트는 그렇다 치더라도, 신성제국을 무너뜨리는 것과 같은 등급의 난이도라는 것은 심각하다.

'정령왕의 분노를 잠재우는 게 그만큼 어렵다는 말인가?'

나는 얼음에 뒤덮인 돌덩어리들을 끊임없이 돌파하며 계속해서 동굴 안쪽으로 몸을 날렸다.

이제 와서 뒤로 돌아갈 수는 없었다.

어떻게든 직접 냉기의 정령왕을 만나 자초지종을 캐내야 한다. 그래야 왜 분노를 하고 있는지, 그리고 어떻게 하면 분노를 잠재울 수 있는지 방법을 알 수 있을 테니까.

그리고 그 순간, 동굴 안쪽으로부터 차가운 한파가 솟구쳐 올라왔다.

푸화아아아아아아아악!

*　　　　*　　　　*

갑자기 옆에서 엑페가 소리쳤다.

"여기서 정해! 돌덩어리가 땅의 정령이고 얼음덩어리가 냉기의 정령이야!"

"네? 네?"

나는 당황하며 그녀를 바라보았다.

동시에 시야의 한쪽 구석에 자리 잡고 있는 '4'라는 붉은색 숫자가 보였다. 나는 그제야 온몸이 얼어붙는 격렬한 냉기를 느끼며 사시나무처럼 몸을 떨었다.

그 냉기가 날 죽음으로 이끌었다.

'정말로 죽은 건가? 난 소드 마스터인데? 노바로스의 강화까지 두르고 있었는데?'

물론 죽었기 때문에 5분 전으로 돌아온 것이다.

문제는 내가 스스로의 죽음을 거의 인식하지 못했다는 사실이었다.

　기억나는 것은 동굴 안쪽에서 보다 강력한 냉기가 솟아올랐다는 사실뿐.

　'대체 얼마나 끔찍한 냉기면… 내가 얼어붙어 죽는 것조차 인식하지 못한 거지?'

　나는 치를 떨었다. 그러자 엑페가 눈살을 찌푸리며 소리쳤다.

　"뭐 하니! 빨리 정해! 냉기의 정령왕한테 갈 거야? 아니면 땅의 정령왕한테 갈 거야!"

　"…잠시만요."

　나는 손바닥을 내밀며 물었다.

　"엑페, 당신은 두 정령왕이 있는 곳까지 들어가 본 적이 있습니까?"

　"있어! 땅의 정령왕 쪽이지만."

　"무사히 들어갈 수 있었습니까? 땅의 정령왕이 공격하지 않았습니까?"

　"공격? 공격은 안 했는데? 대신 동굴에 정령들이 가득 막고 있어서 뚫고 가는 게 엄청 힘들었지만."

　"어차피 대화는 못 했을 테고… 그런데 왜 거기까지 가셨습니까?"

　"레빈슨."

"네?"

"전에 말했잖아? 레빈슨의 부탁을 들어주려고."

엑페는 자신이 말해놓고도 못마땅한 표정을 지었다.

"레빈슨은 땅의 정령왕 앞에서 마구 소리치더라고! 자신에게 힘을 달라고!"

"그래서 힘을 얻었습니까?"

"나도 몰라! 아마 못 받은 거 같은데?"

그것은 사실일 것이다. 레빈슨을 스캐닝을 했을 때 정령 마법이 보이지 않았으니까.

'그럼 레빈슨은 결국 정령왕의 힘을 못 받은 건가? 하지만 '정령왕의 힘을 얻어라' 같은 퀘스트는 안 보였는데?'

나는 잠시 생각하다 고개를 마구 흔들었다.

지금 중요한 건 그게 아니다.

죽어서 5분 전으로 돌아왔음에도 불구하고, 내 퀘스트 창엔 여전히 '냉기의 정령왕의 분노를 잠재워라'라는 퀘스트가 남아 있다.

'이제 와선 돌이킬 수 없다. 처음부터 땅의 정령왕을 선택하면 좋았겠지만……'

나는 잠시 고민하다 소리쳤다.

"냉기의 정령왕을 선택하겠습니다!"

"좋아! 그럼 얼음덩어리가 나오는 동굴로 들어가!"

엑페는 그렇게 말하며 멀리 아래 펼쳐진 광장을 향해 몸을 던졌다. 나는 몇 차례 심호흡을 반복한 다음 그녀의 뒤를 따랐다.

＊　　　＊　　　＊

그것은 분명 냉기의 정령왕이 발휘한 진짜 힘이었을 것이다.

지금까지 만난 정령왕들은 전부 내게 호감을 가지고 있었다. 그 때문에 그들이 가진 진짜 힘을 맛볼 기회가 없었다.

'소드 마스터고 자시고 한 방에 죽는구나. 하긴, 정령왕이니 당연한 건가?'

나는 정신을 바짝 차리며 또다시 냉기의 동굴로 난입했다.

이번에도 동굴을 꽉 채운 얼음의 정령들은 여전했다. 나는 첫 번째 죽음보다 돌파 속도를 늦추며 타이밍을 재기 시작했다.

이윽고 얼음의 정령왕이 최후통첩을 선언했다.

―지긋지긋해! 그래! 좋아! 나도 더 이상 못 참겠어!

'좋아. 지금이다.'

나는 거기서 5초쯤 기다린 다음, 곧바로 노바로스의 방벽을 전개했다.

그와 동시에 동굴 안쪽으로부터 강렬한 한파가 뿜어져 나왔다.

푸화아아아아아아아아아아악!

방벽이 견딘 시간은 약 2초였다.

나는 반사적으로 두 번째 방벽을 전개했다. 그리고 쉴 새 없이 세 번째와 네 번째 방벽도 만들어냈다.

방벽을 한 번 만드는 데 50의 마력이 소모된다.

그리고 내 마력은 400을 약간 넘는다.

나는 그렇게 총 여덟 번의 방벽을 연속으로 만들어낸 다음 쓴웃음을 지었다.

'저번보다 16초쯤 더 견뎠군……'

*   *   *

이걸론 안 된다.

정령왕이 뿜어낸 냉기는 일회성이 아니었다. 10초가 넘게 버텼음에도 불구하고, 여전히 살인적인 냉기가 동굴 전체를 지배하고 있었다.

'이건 무슨 절대영도도 아니고, 어떻게 이렇게 치명적인 냉기가 있을 수 있지?'

물론 냉기의 정령왕이니 가능한 재주일 것이다.

그 때문에 내가 다루는 정령왕의 힘은 진짜의 힘에 비하면 새 발의 피라는 것을 실감했다. 노바로스의 방벽으로는 진짜 냉기의 정령왕의 힘에 제대로 저항할 수 없었다.

'사실 노바로스의 힘을 가졌기 때문에 냉기의 정령왕을 먼저 선택했던 건데… 예측이 완전 빗나갔다. 이제 어떻게 하지?'

"여기서 정해! 돌덩어리가 땅의 정령이고 얼음덩어리가 냉기의 정령이야!"

그때 엑페가 옆에서 소리쳤다. 나는 진지하게 선택의 변경을 고민하기 시작했다.

'새로 받은 퀘스트는 일단 뒤로하자. 먼저 땅의 동굴로 방향을 트는 게 좋겠어. 아무래도 땅의 정령왕은 정상적인 대화가 가능할 상태인 것 같으니……'

"어디로 갈래!"

"땅의 정령왕에게 가겠습니다!"

나는 즉시 대꾸하며 소리쳤다.

"하지만 엑페! 당신은 얼음의 동굴에 들어가면 안 됩니다!"

"뭐? 갑자기 왜! 전에 말했잖아! 양쪽의 균형을 맞춰야 지진이나 냉해가 약해진다고! 네가 땅의 동굴에 쌓여 있는 정령을 박살 낸 만큼 나도 얼음의 동굴에 쌓여 있는 정령을 줄여놔야 해!"

"아무튼 안 됩니다!"

나는 엑페의 얼굴에 얼굴을 들이밀며 말했다.

"들어가면 십중팔구 죽습니다! 그러니 이미 밖에 나와 있는 얼음의 정령들을 더 많이 파괴하든가 해주세요! 절대 들어가면 안 됩니다! 아시겠죠?"

"에구, 얜 또 왜 이렇게 가슴 콩닥거리게 그러니?"

엑페는 얼굴을 붉히며 몸을 뒤로 뺐다. 나는 한숨을 내쉬며 고개를 저었다.

"아무튼 경고했습니다! 절대 동굴 안으로 들어가지 마세요!"

그렇게 소리친 다음, 이번에는 내가 먼저 광장을 향해 몸을 날렸다.

*　　　　*　　　　*

땅의 동굴에 난입한 순간, 머릿속에 누군가의 목소리가 울리기 시작했다.

—아… 그대는 정령사인가?

그것은 증오와 분노로 꽉 찬 얼음의 정령왕과는 전혀 다른 음성이었다. 나는 부드러우면서도 차분한 목소리에 한시름을 놓으며 소리쳤다.

"네! 정령사입니다! 당신은 땅의 정령왕이십니까?"

—그래. 나는 땅의 정령왕이니라.

"저는 당신과 싸우거나 적대할 생각이 전혀 없습니다! 가능하면 이 정령들을 물려주실 수 있겠습니까?"

그 와중에도 나는 동굴을 꽉 채운 땅의 정령들을 힘으로 돌파하고 있었다. 정령왕은 잠시 침묵하다 안타까운 목소리로 대답했다.

─그것은 어렵다. 미안하구나, 정령사여. 그대의 힘으로 내 권속들을 뚫고 와주길 바란다.

"아니! 괜찮습니다!"

사실 정령왕이 직접 한파를 쏘아댄다던가 하지만 않으면 아무래도 상관없었다. 나는 육중한 정령들을 빠르게 돌파하며 순식간에 동굴의 끝에 도착했다.

그곳은 지극히 넓고, 지극히 아름다운 별천지였다.

온 사방에 반짝거리는 금속과 수정들이 가득했다.

개중에는 스스로 빛을 발하는 눈부신 광물도 있었다. 그것이 광활한 동굴 전체를 비추며 환상적인 분위기를 연출했다.

그리고 그 넓은 공간의 한가운데, 황토색의 여자가 서 있었다.

단단하고 반짝거리는 동굴의 풍경과는 달리, 여자의 몸은 진흙으로 만든 것처럼 어둡고 부드러워 보였다.

─어서 오라. 내가 바로 땅의 정령왕인 가이린이다.

정령왕은 그렇게 말하며 고개를 숙였다. 나는 깜짝 놀라며 정령왕의 앞으로 다가갔다.

"어찌 정령왕께서 인간에게 고개를 숙이십니까? 어서 고개를 드십시오."

─미안하구나. 이 모든 게 내 잘못이니라.

하지만 정령왕은 고개를 들지 않았다. 나는 부담이 점점 더 커지는 걸 느끼며 말했다.

"저는 단지 상황을 파악하기 위해 여기에 내려온 것뿐입니다. 무슨 상황인진 모르지만 제게 사과하실 필요는 절대 없습니다."

―이것은 그대뿐만 아니라 지상에 있는 모든 인간과 생명에게 하는 사과이니라. 내 한순간의 치기와 부주의함으로 그대들에게 씻을 수 없는 피해를 입혔느니라.

정령왕은 더 깊이 고개를 숙였다. 나는 그제야 호기심을 느끼며 그녀에게 물었다.

"대체 무슨 일이 있었습니까? 왜 두 정령왕이 이런 곳에서 힘 싸움을 벌이고 있는 겁니까?"

―일은 수백 년 전에 시작되었다.

정령왕은 그제야 고개를 들며 말했다.

―이곳은 본래 나의 터전이니라. 그런데 인간들이 광물에 욕심을 내어 여기까지 파고 내려왔느니라.

"역시 인간들이……."

―아니, 그것은 상관없다.

정령왕은 고개를 저었다.

―인간이 땅의 은혜를 탐하는 건 자연스러운 행위니라. 나는 그것을 막을 생각이 없고, 오히려 적극적으로 동조하여 그들이 더 많은 광물을 캘 수 있도록 도움을 주었느니라.

"그런데 어째서……."

─인간이 나와 동조하고, 더 많은 은혜를 누릴수록 내 힘도 점점 더 강해졌다. 그것은 '초월체'가 이 땅을 지배한 이후로 느껴본 적 없는 즐거움이었느니라.

"즐거움이라니, 혹시 인간의 믿음… 신앙 같은 걸 말씀하시는 겁니까?"

─그렇다.

정령왕은 입을 열고 한숨을 쉬는 듯한 동작을 취했다.

─그래서 난 부풀어 올랐다. 그리고 허황된 망상을 품기 시작했다. 그것은… 내가 모든 정령왕 중에 가장 강해졌다는 자만심이었느니라.

"……."

─그때 한 인간이 날 찾아왔다. 그자는 정령사는 아니었지만, 대신 차원을 이동하는 힘을 가진 존재였다.

"차원을 이동하는 힘이라니… 설마?"

─그렇다. 그대가 생각하는 그 인간이 맞다.

정령왕은 고개를 끄덕였다.

물론 내가 생각한 인간은 레빈슨이었다. 정령왕은 천천히 걸음을 옮겨 동굴 안을 배회하며 말했다.

─나는 그자에게 제안을 했다. 내가 가장 강한 정령왕임을 증명하고 싶어서. 말이 통하지 않기에 바닥에 글자를 써서 뜻을 전했느니라.

"대체 무슨 뜻을… 그 인간에게 무슨 제안을 하신 겁니까?"

정령왕은 대답 대신 땅에 직접 글자를 적었다. 나는 눈살을 찌푸리며 글자를 따라 읽기 시작했다.

"나는 다른 정령왕을 만나고 싶다. 그대는 그대의 힘으로 이곳에 다른 정령왕을 옮겨 오도록 하라……"

· 83장 ·
분노는 힘의 원천

나는 눈을 부릅뜨며 정령왕을 노려보았다.

"아니! 뭐 이딴……."

입에서 쌍욕이 나오려는 것을 가까스로 참았다.

하지만 정령왕은 마음을 읽을 수 있는 존재다. 그녀는 풀죽은 얼굴로 고개를 끄덕였다.

―참으로 부끄러운 일이다. 나는 비난받아 마땅하다.

"…정말 저런 임무를 내렸단 말입니까?"

―그렇다. 그 탓에 이곳이 전쟁터가 되고, 인간들이 모조리 떠난 후에야 겨우 제정신을 차리게 되었다. 내가 얼마나 부끄러운 짓을 했는지, 그리고 돌이킬 수 없는 짓을 했는지…….

"아니, 아니… 잠시만요."

나는 어처구니없다는 표정과 함께 정령왕의 말을 끊었다.

"그래서 레빈슨이 냉기의 정령왕을 여기로 전이시켰다는 말입니까, 백 년 전에?"

―그렇다.

"하지만 그 이후에 레빈슨은 다시 여길 찾아오지 않았습니까? 엑페에게 부탁해서? 당신을 만나기 위해?"

―그렇다. 다시 와서 내게 힘을 달라고 요구했다. 내 부탁을 들어줬으니까 보상을 달라고 말이다. 하지만 그는 혼자서 여기까지 들어올 수 없기에 그 엑페라는 인간의 힘을 빌린 것이니라.

결국 엑페를 속였다는 말이다. 레빈슨은 대지의 정령왕이 어디에 있는지는 물론, 이미 직접 만나서 안면을 튼 이후였다. 하지만 문제가 터진 이후에 두 정령들이 서로 격렬한 전투를 벌였기 때문에, 엑페에게 일종의 보디가드 역할을 맡긴 것이다.

나는 멍한 얼굴로 정령왕을 바라보았다.

"하지만… 레빈슨은 최상급 전이의 각인이 있습니다. 그냥 곧바로 당신의 앞에 나타날 수 있었을 텐데요? 바로 이 동굴 안으로 말이죠."

―그건 불가능하다. 정령왕의 근처엔 차원을 이동하는 게이트를 뚫을 수 없다. 어느 정도 거리가 떨어져야 가능하느니라.

'그래서 전에 날 불의 정령왕 바로 앞으로 보내지 않은 건가? 만약 그 용암 호수 근처에 떨어뜨렸다면 보다 확실히 죽

일 수 있었을 텐데⋯⋯.'

나는 문득 과거의 일을 떠올렸다. 정령왕은 이번에도 내 마음을 읽으며 고개를 끄덕였다.

―그대의 생각이 맞을 것이다, 정령사여.

"잠시만요, 그럼 레빈슨은 어떻게 냉기의 정령왕을 이동시킨 겁니까? 정령왕의 근처엔 차원을 이동하는 게이트를 뚫을 수 없다면서요?"

―그 인간은 강제적인 방법을 쓰지 않았다.

정령왕은 고개를 저었다.

―한참 떨어진 곳에 게이트를 뚫은 다음, 아이시아에게 내 뜻을 전달했다.

'아이시아는 냉기의 정령왕의 이름인가?'

나는 마른침을 삼키며 물었다.

"당신의 뜻을 그대로 전했다니, 싸우자고 말입니까?"

―나는 싸우자고 말하지 않았다.

"네? 아⋯⋯."

나는 순간 뒤통수를 얻어맞은 듯한 기분을 느꼈다.

나는 다른 정령왕을 만나고 싶다. 그대는 그대의 힘으로 이곳에 다른 정령왕을 옮겨 오도록 하라.

그것이 땅의 정령왕인 가이린이 지면에 쓴 글자의 전부였다.

그것을 본 레빈슨은 어떤 생각을 했을까?

'설마 가이린이 다른 정령왕과 싸우고 싶어서 이런 부탁을 했다고는 상상조차 못 했겠지. 그러니까… 레빈슨은 냉기의 정령왕을 찾아가서 이렇게 말한 거다.'

가이린께서 당신을 만나고 싶어 하십니다.

제가 차원을 이동하는 게이트를 만들 테니, 부디 그곳을 통해 가이린을 만나주시지 않겠습니까?

'레빈슨은 진심으로 그렇게 믿고 있었다. 그러니 마음을 읽을 수 있는 냉기의 정령왕도 레빈슨의 말을 믿은 거겠지.'

나는 한숨을 내쉬며 말했다.

"가이린, 그럼 당신은 결국 레빈슨을 속인 겁니까?"

―의도한 건 아니었다.

"하지만 일을 시켜놓고, 결국 성공했는데도 힘을 주지 않았잖습니까?"

―주고 싶어도 줄 수가 없었다.

가이린은 우울한 얼굴로 고개를 저었다.

―이미 나는 아이시아와의 전투에 모든 힘을 쏟고 있었다. 그 탓에 그 인간과의 약속조차 지킬 수 없는 몸이 되어버렸느니라.

"그런……."

―그렇다. 지금의 나는 가진 모든 마력을 집중해서 권속들을 생산해 내는 여왕개미에 불과하느니라.

지금 이 순간에도 입구 쪽에는 끊임없이 대지의 정령들이 생성되며 동굴 위로 올라가고 있다.

나는 등줄기에 소름이 돋는 것을 느끼며 정령왕에게 물었다.

"설마 자신의 힘을 컨트롤할 수 없는 겁니까?"

—그래. 이미 권속들은 더 이상 내 말을 듣지 않는다. 이런 상태로는 더 이상 아이시아의 힘을 당해낼 수 없느니라.

가이린은 그 자리에 주저앉으며 무릎을 꿇었다. 나는 한동안 말을 잇지 못한 채 그녀를 내려다보았다.

*　　　*　　　*

냉기의 정령왕 아이시아.

그녀는 대지의 정령왕인 가이린에게 초대를 받았다고 철석같이 믿으며 레빈슨이 만들어놓은 게이트에 들어갔다.

하지만 도착한 곳에서 기다리고 있던 것은, 가이린이 대량으로 만들어놓은 대지의 정령들이었다.

대지의 정령들은 다짜고짜 아이시아를 공격하기 시작했다.

뒤늦게 속았다는 것을 알게 된 아이시아는 전력으로 반격했다. 자신이 파괴한 대지의 정령을 냉기의 정령으로 재창조해 상대방이 있는 곳으로 올려 보낸 것이다.

결국 두 정령왕의 힘은 지금의 '광장'에서 평형을 이뤘다.

정령왕은 자신을 숭배하는 인간들에 의해 더 큰 힘을 발휘할 수 있다고 한다.

그렇다면 카돈 노천광을 통해 수만, 아니, 수십만 이상의 간접적인 믿음을 얻은 가이린의 힘이 우세해야 마땅했다.

하지만 두 정령왕의 힘이 평형을 이룬 것은 분노한 아이시아가 평소보다 더 강력한 힘을 폭발시켰기 때문이다.

─모두 내 잘못이다. 정령왕은 어지간한 일에 분노하지 않는다. 하지만 같은 정령왕에게 배신당했다는 것이 그녀를 또다른 존재로 바꾸고 말았다.

가이린의 목소리는 후회로 가득했다.

나는 잠시 동안 상황 정리를 끝낸 다음 그녀에게 물었다.

"일단 상황이 어떻게 된지 알겠습니다. 그리고 지금 당신이 그때 일을 얼마나 후회하고 있는지도 말입니다. 그런데 가이린."

─말하거라, 정령사여.

"정령왕의 감정이라는 게, 원래 이렇게 기복이 심한 겁니까? 처음 아이시아를 불러올 때의 기고만장했던 당신과 지금의 당신은 전혀 다른 존재 같습니다."

─우리들은 쓸 수 있는 힘과 영향력에 따라 변화하는 존재다. 아이시아도 마찬가지겠지. 그녀는 분노하여 더 큰 힘을 쓸 수 있게 되었고, 더 큰 힘을 쓸 수 있게 되어 더욱 잔악하고 의심 많은 성격으로 돌변했다.

"악순환의 반복이군요."

나는 한숨을 내쉬었다.

"그럼 어떻게 하면 아이시아의 분노를 풀어줄 수 있을까요?"

─그것은 매우 간단하다.

가이린은 손가락으로 자신의 목을 가리켰다.

─내가 패배하면 된다. 아이시아의 권속들이 대지의 동굴로 난입하여, 날 포위하고 내 존재를 소멸시킨다면 그녀의 분노도 사그라질 것이다.

"당신이 소멸하면 레비그라스에 어떤 문제가 생깁니까?"

─별일은 없다. 그저 지진이 자주 일어날 것이다.

"네?"

─우리들은 각자가 맡은 영역에서 큰 재앙이 일어나지 않도록 제어하는 역할을 맡고 있다. 노바로스는 대규모 화산이 폭발하지 않도록 막고 있고, 아쿠렘은 심각한 수해가 벌어지지 않도록 막아주며, 아이아스는 심각한 냉해가 벌어지지 않도록 막아준다. 쿨로다는 태풍이나 소용돌이가 발생하는 걸 막으며, 나는 큰 지진이 일어나는 것을 막고 있다.

가이린은 담담하게 설명했다.

하지만 실제로는 대단히 심각한 문제였다. 나는 손가락으로 관자놀이를 누르며 눈살을 찌푸렸다.

"그럼 안 됩니다. 혹시 다른 방법은 없을까요?"

─나도 모른다. 하지만 결국 그렇게 될 것이다. 아이시아는 점점 더 강해지고 있고, 나는 권속의 통제를 잃은 만큼 점점 더 약해지고 있으니까.

"당신은 왜 약해지고 있는 겁니까?"

―광산이 전쟁터가 되었으니까. 나를 숭배하던 인간들이 모두 죽거나 떠나며 믿음이 사라졌다. 그래서 나는 원래대로 돌아왔고, 내가 한 행동을 후회하기 시작했다. 그렇게 점점 더 약해진 것이다.

말하자면 이쪽도 악순환의 반복이었다. 나는 잠시 생각하다 헛기침을 하며 물었다.

"가이린, 실례지만 당신에게 있어 힘이란 자만심이나 허세입니까?"

―표현이 안타깝지만… 그래, 그렇게 발현되는 것 같다.

"그럼 아이시아에게 있어 힘은 분노군요?"

―그렇겠지.

"당신은 힘이 줄어든 순간 자만심과 허세를 잃었습니다. 그렇다면 아이시아의 힘이 줄어들면 분노도 따라 줄어들겠죠?"

―분명 그럴 것이다.

"그럼 답은 하나입니다."

나는 한숨을 내쉬며 말했다.

"아이시아의 힘을 최대한 빼야 합니다. 그럼 그녀의 분노도 함께 줄어들겠죠. 어쩌면 당신처럼 대화가 가능한 상태로 돌아올지 모릅니다."

문제는 대체 어떻게 하면 아이시아의 힘을 뺄 수 있는지다. 나는 한동안 생각에 잠긴 채 방법을 강구했다.

그렇게 얼마나 시간이 지났을까.

생각이 거의 정리되려 할 때, 가이린이 감탄하며 내 어깨에 손을 얹었다.

─정령사여, 그대는 정말 대단한 인간이구나. 그대의 생각은 빠르고 탁월하며 현실적이다. 결과가 어떻게 되더라도… 나는 그대의 계획을 그대로 따를 것이다.

아무래도 내 생각을 전부 읽은 모양이다. 나는 눈을 질끈 감았다 뜨며 고개를 끄덕였다.

"기회는 한순간입니다. 가능하시겠습니까?"

─가능하다. 아니, 나는 이미 수십 년 전부터 그렇게 하고 싶었다.

가이린도 고개를 끄덕였다. 나는 심호흡을 하며 즉시 몸을 돌렸다.

"그럼, 곧바로 작전을 시작하겠습니다."

*　　　*　　　*

나는 강하다.

이것은 자만이나 허세가 아니다. 현재 레비그라스 차원에서 가장 강력한 인간임에 틀림없다. 문제는 상대가 인간이 아닌 정령왕이라는 것.

대체 정령왕은 얼마나 강한 걸까? 일단 스캐닝으로는 확인이 불가능했다. 시험 삼아 가이린을 스캐닝했지만 모든 스텟이 물음표로 표시되었다.

'전생에 우주 괴수를 스캐닝했을 때도 몇몇 스텟이 물음표였지. 그렇다고 절대 무적의 존재는 아니었다.'

실제로 몇몇 소드 마스터가 우주 괴수를 소멸시키곤 했다.

거기에 나는 상대를 소멸시키는 게 목표가 아니다. 단지 최대한 힘을 빼놓으면 그걸로 충분했다.

문제는 나를 두 번이나 죽음으로 몰고 갔던 냉기 마법이다.

절대영도.

정말로 절대영도인지는 모른다. 일단 편의상 그렇게 부르기로 했을 뿐.

'소드 마스터의 내구력과 항마력에, 발동시킨 오러가 가져다주는 추가적인 방어력까지 한 방에 무시하고 즉사시켰다. 제아무리 정령왕이라도… 절대영도는 일종의 필살기임에 틀림없어.'

그것이 이번 작전의 핵심이다.

아이시아는 절대영도를 쓸 때마다 대량의 힘을 소모한다. 나는 그렇게 가정하며 대지의 동굴을 빠져 나왔다.

광장은 여전히 두 정령 세력의 난투가 벌어지고 있었다.

그런데 엑페의 모습이 어디에도 보이지 않았다. 나는 반대편에 있는 냉기의 동굴의 입구를 노려보며 소리쳤다.

"엑페!"

"그쪽이 아냐!"

그러자 한 층 위에서 소리가 들렸다.

"잠깐 쉬려고 위로 올라왔어! 갑자기 얼음의 정령들이 우세해져서 숫자를 팍 줄이느라 힘들었지 뭐니! 대지의 정령왕은 잘 만나고 온 거야?"

"엑페! 지금부터 작전을 시작합니다!"

자초지종을 전부 설명할 여유는 없다. 나는 지면을 박차며 뛰어올라 위층에 웅크리고 있는 엑페의 옆으로 착지했다.

엑페는 눈을 동그랗게 뜨며 소리쳤다.

"작전? 무슨 작전?"

"저는 지금부터 냉기의 정령왕의 힘을 빼러 동굴에 들어갑니다! 당신은 여기서 대지의 정령들을 완전히 틀어막아 주세요! 한 마리도 광장에 못 나올 만큼!"

어찌어찌 일이 잘 풀린다 해도, 대지의 정령들이 냉기의 동굴에 난입하면 모든 게 헛수고로 돌아갈지 모른다.

엑페는 눈을 몇 번 깜빡이다 곧바로 고개를 끄덕였다.

"알았어! 뭔진 몰라도 네 말대로 할게!"

"대신 대지의 정령왕은 절대 공격하면 안 됩니다! 아셨죠?"

"대지의 정령왕? 그걸 내가 왜 공격하겠어?"

"그럼 부탁드립니다!"

나는 다시 광장을 향해 몸을 날렸다.

그러고는 앞을 가로막는 정령들을 파괴하며, 일직선으로 냉기의 동굴을 향해 돌진했다.

콰과과과과과과광!

박살 나는 정령들의 파편이 사방으로 튀어 올랐다. 나는 캄캄한 동굴 속으로 진입하며 온 정신을 바짝 곤두세웠다.

'지금부터 한순간도 실수하면 안 돼.'

동굴 안은 여전히 냉기의 정령들로 꽉 들어 차 있었다. 나는 속도를 조절하며 최대한 천천히 안쪽으로 나아갔다.

그러자 냉기의 정령왕, 아이시스가 소리쳤다.

─또 왔구나, 인간!

나는 동굴 입구와의 간격을 재며 입술을 깨물었다.

─증오스러운 인간! 감히 인간 주제에 왜 내 일을 방해하는 거냐! 네놈 때문에 내 복수가 백 년이나 늦어졌다!

아무래도 지금의 아이시스는 나와 엑페조차 구분할 수 없는 상태인 것 같다.

나는 더 이상 나아가지 않고 제자리에 멈춘 채, 몰려오는 냉기의 정령들만 천천히 베어 넘겼다.

─이젠 정말 끝장을 보려 하는 거냐! 좋다! 나도 더 이상 용납하지 않겠다!

그것은 최후통첩이었다.

'지금이다.'

나는 곧바로 지면을 박차며 뒤쪽으로 몸을 날렸다. 동시에 맹렬한 한기가 내 쪽을 향해 쏟아졌다.

푸화아아아아아아악!

이것이 바로 절대영도다.

하지만 이번에는 달랐다. 나는 한달음에 동굴 밖으로 빠져나온 다음, 착지와 동시에 옆으로 몸을 날리며 절대영도의 직격을 피했다.

푸화아아아아아악!

밖으로 뿜어져 나온 한파는 뒤쪽에 있던 냉기의 정령을 넘어 반대편에 대치 중인 땅의 정령들까지 모조리 휘감아 버렸다.

빠지지지지지지직!

일순간 광장이 잠잠해졌다.

한순간에 광장에 있던 정령들의 절반 이상이 얼어붙었다.

심지어 냉기의 정령조차 자신의 허용치를 벗어난 냉기 폭풍에 그대로 굳어버릴 지경이었다.

'무시무시한 위력이다.'

나는 식은땀을 흘렸다. 오러를 발동시키고 있음에도 맹렬한 냉기에 뼛속까지 저릴 지경이었다.

그러자 반대편에서 엑페가 소리쳤다.

"이게 뭐야! 다 얼어붙었잖아! 그리고 더 추워졌어!"

"계속 부탁드립니다!"

나는 당황한 엑페를 내버려 둔 채, 다시 냉기의 동굴 속으로 몸을 날렸다.

그러자 분노에 가득 찬 아이시스의 비명이 울려 퍼졌다.

─아아아아아아악! 가증스러운 녀석! 감히 내 공격을 피해? 그래! 몇 번이나 피하나 보자!

'설마 곧바로 다시 쏘는 건가?'

조심해서 나쁠 건 없다. 나는 동굴에 진입함과 동시에 즉시 몸을 돌려 밖으로 빠져나왔다.

그러자 또 한 번의 절대영도가 휘몰아쳤다.

푸화아아아아아아아아아아악!

이번에는 좀 더 아슬아슬했다. 직격을 피한 나는 반사적으로 손바닥 위에 파이어 볼을 만들며 몸을 녹이려 했다.

그러자 멀리서 엑페가 소리쳤다.

"야! 치사하게 혼자 몸 녹이지 말고 나도 불 좀 줘!"

나는 곧바로 엑페를 향해 파이어 볼을 날렸다. 엑페는 발동시킨 오러마저 꺼버리고 맨몸으로 파이어 볼을 받아냈다.

콰과과과과과과과광!

그리고 실망했다.

"이거 뭐야! 전혀 따뜻해지지 않잖아!"

그만큼 광장 전체가 심각한 냉기에 휩싸인 상태였다. 나는 허파 속이 얼어붙을 듯한 한기를 참으며 몇 번이나 심호흡을 했다.

그리고 다시 몸을 틀어 냉기의 동굴로 진입했다.

─약삭빠른 놈! 그렇게 나온다 이거지?

목소리의 기세는 전보다 줄어 있었다. 나는 작전이 통한다고 스스로를 위안하며 동굴 안쪽으로 계속 걸음을 옮겼다.

─홍! 그래! 계속 들어와! 도망치지 못할 만큼 들어오면 그때 공격해 줄 테니까!

그걸 굳이 말하다니.

아이시스는 내 생각보다 훨씬 멍청한 듯했다. 하지만 나는 생각을 빠르게 전환하며 소리쳤다.

"감사합니다! 작전을 미리 알려주시다니 마음이 정말 착하시군요!"

—헛소리! 누가 착하다 그래!

그 순간, 나는 몸 전체가 더욱 강한 오한에 휩싸이는 걸 느꼈다.

'이젠 몸이 알아서 반응하는군.'

이미 네 번이나 확인한 마법이다. 나는 곧바로 지면을 박차며 동굴 밖으로 몸을 날렸다.

그러자 기다렸다는 듯이 절대영도가 날아왔다.

푸화아아아아아아아아아악!

이번에는 동굴을 완전히 벗어나기 전에 냉기가 내 몸을 휘감았다. 나는 아슬아슬한 순간에 노바로스의 방벽을 전개하며 약간의 시간을 벌었다.

콰지지지지지지직!

동굴 밖으로 빠져나온 순간, 근처에 얼어붙어 있던 정령들이 더 강력한 냉기에 휩싸이며 박살 났다.

동시에 방벽이 소멸했다. 나는 영혼까지 얼어붙는 듯한 한기를 느끼며 이를 갈았다.

당장에라도 한 번 더 노바로스의 방벽을 전개하고 싶다.

그러면 따뜻해질 텐데…….

'안 돼! 지금은 마력을 최대한 아껴야 해!'

추위로 판단력이 흐려지는 와중에도, 나는 필사적으로 마음을 다잡으며 동굴 쪽으로 몸을 돌렸다.

'진짜 들어가기 싫군…….'

하지만 들어가야 한다.

방금 전보다 좀 더 깊숙한 곳까지 들어가서, 아이시아의 절대영도를 한 번 더 끌어내야 한다.

'하지만 그걸로 안 되면? 결국 또다시 이 일을 반복해야 할 텐데?'

상상만으로도 머릿속이 아득해진다.

저 동굴 속으로 다시 들어가느니, 치리리 전생의 귀환자들처럼 날아오는 전술핵을 막아내는 편이 훨씬 안전할 것 같다.

하지만 난 다시 동굴 속으로 들어갔다.

그리고 쏟아지는 절대영도를 피해 다시 밖으로 도망쳤다.

한 번 더.

그리고 한 번 더.

그런데 한 번 더는 안 됐다.

다리가 안 움직인다.

냉기로 얼어붙은 것도 아니고, 심한 부상을 입은 것도 아니다.

그냥 다리가 더 이상 안 움직였다.

그것은 지금껏 내가 경험하지 못한 초유의 상황이었다. 나는 애써 당황을 가라앉히며 스스로를 스캐닝했다.

다른 모든 스텟은 정상이었다.

정신력: 8(99)

문제는 정신력이었다.

정신력이 일반인 이하의 수준으로 떨어지자 다리가 움직이지 않게 되었다.

공포.

죽음에 대한 공포로 몸이 굳어버렸다.

'이런 미친! 문주한! 넌 죽어도 되는 몸이야! 아직 기회가 세 번이나 남아 있어! 마력도 충분하고 오러도 거의 소모되지 않았다고!'

하지만 다리는 꼼짝도 하지 않았다. 나는 눈을 질끈 감으며 한숨을 내쉬었다.

의지는 소모되는 것이다. 그렇다면 회복시키면 된다. 나는 떨리는 손을 억지로 움직여 시공간의 주머니 속에 집어넣었다.

그리고 비상용으로 챙겨놨던 꿀병을 꺼내 마시기 시작했다.

이름: 에오라스 벌꿀(상급)

종류: 음식

특수 효과: 소모된 정신력과 체력을 빠르게 회복한다. 소모

된 직후에 먹을수록 회복량이 높다. 특히 정신력의 회복에 효과적이다.

'이건 오랜만이군.'

순식간에 세 병을 마시자 몸이 따뜻해졌다.

그리고 언제 그랬냐는 듯 다리가 자유롭게 움직였다. 나는 다시 용기를 내어 냉기의 동굴 속으로 걸음을 옮겼다.

─지긋지긋한 인간……

그사이, 아이시아의 목소리엔 힘이 빠져 있었다.

─그래. 누가 이기나 해보자. 끝까지 와. 내 앞까지 오라고. 그때 공격해 줄 테니까. 과연 내 앞에서부터 동굴 밖까지 도망칠 수 있을까?

그리고 문장이 길어졌다. 아무래도 분노가 빠져 조금이라도 냉정하게 생각할 수 있게 된 것 같다.

나는 곧바로 맵온을 열고 마음속으로 소리쳤다.

'정령왕!'

그러자 맵온에 은색 점 두 개가 떠올랐다.

'뒤쪽에 있는 건 당연히 가이린일 테고… 중요한 건 아이시아와 내 거리다.'

나는 아이시아가 있는 장소에서 다시 동굴 밖으로 도망칠 때까지 걸릴 시간을 계산했다.

'이 정도 거리면… 전력 질주로 7초면 충분해.'

그리고 7초라면 노바로스의 방벽을 네 번 연속으로 쓰면 견딜 수 있는 시간이다. 나는 각오를 다지며 동굴 안쪽으로 질주하기 시작했다.

중간을 넘어가자 얼어붙은 냉기의 정령들이 석상처럼 가득서 있는 게 보였다. 나는 반항하지 않는 녀석들을 순식간에 박살 내며 단숨에 돌파했다.

콰지지지지지지직!

마지막 녀석을 박살 내자, 광활한 크기의 동굴이 눈앞에 펼쳐졌다. 마치 돔 구장을 연상시키는 공간이다. 그리고 그 중심부에 말 그대로 얼음처럼 차가운 미녀가 서 있었다.

"냉기의 정령왕, 아이시아이십니까?"

나는 여자를 향해 소리쳤다. 그녀는 어둠 속에서 홀로 희미한 빛을 발하고 있었다.

─결국 왔구나, 인간.

그녀는 크리스털처럼 투명한 눈으로 날 노려보았다.

─그럼 여기까지 와봐. 내 앞까지. 어때? 용기가 있다면 말이야.

'망할, 처음 계산보다 거리가 멀어졌다.'

그사이, 아이시아는 뒤쪽으로 물러난 상태였다.

만약 지금 그녀가 서 있는 곳까지 접근한다면, 다시 몸을 돌려 동굴을 빠져나갈 때까지 최소한 9초가 필요하다.

하지만 내 남은 마력으로는 노바로스의 방벽을 네 번 이상 사용할 수 없다.

—왜 그래? 마력이 부족하나? 계산이 틀어졌어?

아이시아는 키스를 뿌리듯 비웃음을 날렸다. 나는 헛기침을 하며 그녀에게 말했다.

"냉기의 정령왕이시여. 그만 분노를 풀고 제 이야기를 들어주시기 바랍니다."

—이야기? 들어줄게. 대신 내 앞까지 와봐.

"다가가면 어떻게 하실 겁니까?"

—어떻게 하긴. '절대영도'를 뿌려줘야지. 좋은 이름을 지어줬어. 후후후…….

그녀의 얼굴엔 여전히 분노가 서려 있었다. 나는 천천히 거리를 좁히며 소리쳤다.

"어째서 당신이 화가 나셨는지 알고 있습니다! 하지만 그만 노여움을 가라앉혀 주십시오! 가이린께서도 자신의 잘못을 시인하셨습니다!"

—감히 내 앞에서 그년의 이름을 말하지 마!

그 순간, 말 그대로 집채만 한 얼음덩어리가 내 머리 위로 떨어졌다.

"큭!"

나는 반사적으로 몸을 옆으로 날렸다. 동시에 엄청난 속도로 지면에 충돌한 얼음덩어리가 마치 폭발하듯 산산조각으로 깨져 나갔다.

콰지지지지지지지지지직!

─가이린은 날 속였어! 날 초대한다고 해놓고 다짜고짜 공격하기 시작했다고!

"맞습니다! 대지의 정령왕께서 잘못하신 겁니다! 절대 저질러선 안 될 큰 죄를 지었습니다!"

나는 아이시아의 말에 동의하며 다시금 거리를 좁혔다.

"가이린도 후회하고 계십니다! 정말입니다! 진심으로 뉘우치고 계십니다! 그러니 부디 분노를 가라앉혀 주십시오!"

─시끄러워! 말로는 누가 못 해? 내가 얼마나 배신감을 느꼈는지 알아? 초월체도 아니고, 인간도 아니고, 같은 정령에게, 그것도 함께 세상의 섭리를 조율하던 정령왕에게 배신당했다고! 그년은 더 이상 정령왕도 아니야! 그따위 쓰레기가 뉘우치고 있다고? 천만에! 네가 날 속이고 있는 거야!

"그렇지 않습니다! 제가 당신을 어떻게 속입니까?"

나는 양팔을 벌리며 항변했다.

"제 마음을 읽으실 수 있지 않습니까? 제가 지금 거짓말을 하고 있습니까?"

─그건 아니지만······.

순간 아이시아의 표정이 흔들렸다. 나는 열어놓은 맵온을 확인하며 주먹을 불끈 쥐었다.

"가이린 님은 진심으로 뉘우치고 계십니다! 증명할 수도 있습니다!"

—증명이라니… 그걸 너 따위 인간이 어떻게 증명해?

"제가 증명하는 게 아닙니다."

—뭐?

나는 마치 연극을 하듯 몸을 틀며 뒤쪽을 가리켰다.

"직접 증명하실 겁니다. 본인이 직접 말이죠."

가리킨 곳엔 흙으로 만들어진 여자가 우두커니 서 있었다.

아이시아는 양손으로 자신의 얼굴을 감싸 쥐며 소리쳤다.

—가이린!

—아이시아, 내가 잘못했다.

대지의 정령왕은 그 자리에서 양 무릎을 꿇으며 머리를 숙였다.

—모든 게 내 잘못이다. 한때의 치기로 용서받지 못할 짓을 저질렀어. 미안하다.

—가이린! 감히 내 앞에 나타나다니!

아이시아는 그녀를 향해 손을 뻗으며 소리쳤다.

—지금 내가 손끝만 까딱해도 널 소멸시킬 수 있어! 영원히 정령계에서 지워 버릴 수 있다고!

—안다. 만약 네가 진심으로 그렇게 하고 싶다면… 그렇게 해라. 난 벌을 받아 마땅하니까.

—하라고? 당연히 할 거야! 내가 못 할 거 같아?

아이시아는 뻗은 손을 부들거리며 떨었다.

하지만 거기까지였다.

—이건 치사해…….

그녀는 뻗은 손을 내리며 표정을 일그러뜨렸다.

—이렇게 하면… 내가 더 화를 낼 수 없잖아! 이게 다 저 인
간 때문이야! 저 망할 인간… 저게 내 힘을 다 빼놨어! 아! 널
여기까지 오게 한 것도 다 저 인간의 술책이구나! 내 앞에서
무릎 꿇고 용서를 빌면 내가 더 이상 화를 내지 못할 줄 알고!

—사실이다.

가이린은 순순히 시인했다.

—나는 정령사의 뜻에 따르기로 결심했다. 그것이 아이시
아, 네게 사죄하고 죗값을 치를 유일한 방법이라고 생각했기
때문이다.

—이것들이… 미리 짜고 날 속였어…….

아이시아는 얼어붙은 입술을 깨물며 고개를 숙였다.

더 이상 그녀에게서 폭발하는 듯한 분노는 느껴지지 않았다.
나는 캄캄했던 동굴이 조금씩 밝아지는 걸 느끼며 안도의 한숨
을 내쉬었다. 덕분에 동굴 벽에 빼곡하게 솟아 있던 수정 같은
얼음 조각들이 모습을 드러냈다. 얼음 조각들은 제각각 은은한
빛을 발하며 동굴 전체를 환상적으로 비추기 시작했다.

그런데 뭔가 이상했다. 물론 모든 일이 계획대로 잘 풀렸다.
두 정령왕은 서로를 마주 보며 그동안 쌓인 회한을 나누고 있
다. 하지만 그럼에도 불구하고, 나는 굳이 질문하지 않을 수
없었다.

"저… 아이시아? 두 분의 이런 중요한 시간을 방해해서 정말로 죄송합니다만……."

―응? 왜 그래?

아이시아는 완전히 누그러진 얼굴로 내 쪽을 돌아보았다. 나는 광활한 동굴 안을 구석구석 살피며 질문했다.

"방금 전까지 이 동굴은 캄캄하지 않았습니까?"

―뭐? 그게 무슨 소리야?

아이시아는 전혀 모르겠다는 표정이었다. 나는 가이린을 돌아보며 그녀와 시선을 교환했다.

―아이시아, 정령사의 말이 맞다. 방금 전까지 이곳엔 어둠이 가득했어.

―정말? 나는 전혀 몰랐는데? 난 냉기의 정령왕이야. 억지로 어둠 같은 걸 만들 수는 없다고.

아이시아는 어깨를 으쓱였다. 그리고 나는 그제야 동굴 안을 꽉 채우고 있던 어둠이 무엇인지를 기억해 냈다.

"우주 괴수……."

나는 입술을 깨물며 중얼거렸다.

그것은 바로 '공허 합성체'가 세상에 내뿜는 검은 안개와 같은 종류의 어둠이었다.

• 84장 •
이변

저주.

레비그라스의 인간들이 드물게 사용하는 이 힘의 근원은, 다름 아닌 보이디아 차원이었다.

문제는 인간뿐만 아니라 다른 존재들까지 이 힘에 영향을 받는다는 것이다.

"아이시아, 당신은 보이디아 차원의 영향을 받고 있었습니다. 분노로 이성을 잃고 힘이 증폭된 동안 말입니다."

그것이 내가 내린 결론이다. 얼음으로 조각된 아름다운 정령왕은 믿을 수 없다는 표정으로 고개를 저었다.

─그럴 리가 없어! 보이디아 차원이라니! 나는 인간이 아니

라 정령왕이라고!

"하지만 그렇게밖에 생각할 수 없습니다. 만약 제 생각이 맞는다면……."

나는 곧바로 감정의 각인을 통해 레비그라스 차원을 감정했다.

[행성. 독립된 차원. 현재 다른 차원에 의해 느린 속도로 침식당하고 있음. 지구: 0.14%, 오비탈: 1.16%, 보이디아: 16.04%]

"확실하군요."

나는 고개를 끄덕이며 말했다.

"침식도가 21퍼센트에서 16퍼센트로 줄어들었습니다. 불과 몇 시간 만에 말이죠."

─이건 뭐지? 침식도? 아… 세상에, 이런 건 생각도 못 했는데.

아이시아는 내 생각을 읽었는지 몸서리치며 탄식했다.

그녀는 스스로의 분노에 더해, 보이디아 차원의 부정적인 힘에 잠식되어 폭주하고 있던 것이다.

가만히 서 있던 대지의 정령왕도 심각한 표정을 지으며 말했다.

─그렇다면 백 년 전의 나도 마찬가지였을 것이다. 내가 자만심으로 부풀어 올랐던 시절엔 내 주변도 이곳처럼 검은 기

운에 잠식되어 있었을 테지.

─그럼 뭐야, 결국 우리 둘 다 보이디아 차원에 휘둘리고 있었을 뿐이란 거야?

아이시아는 눈살을 찌푸렸다. 그러고는 자신의 동료를 향해 지난 100년간 쌓인 울분을 토해내기 시작했다.

*   *   *

그렇게 세 시간쯤 지났을까.

─그래. 뭐, 좋아. 자세한 이야기는 나중에 하도록 하고.

아이시아는 그제야 벽에 기대 쭈그리고 앉은 내 쪽으로 시선을 돌렸다.

─어쨌든 네겐 감사해야겠네. 고마워, 인간. 아니, 정령사라고 불러야 하나?

나는 곧바로 몸을 일으키며 그녀들에게 돌아갔다.

"주한이라고 불러주십시오."

─그래, 주한. 네가 왜 여기까지 내려왔는지는 알고 있어.

"처음엔 모르셨습니까?"

─그땐 제정신이 아니었으니까. 아무튼 넌 초월체들에게 퀘스트를 받고 해결하기 위해 온 거지?

"네. 그리고 이미 퀘스트는 해결됐습니다."

나는 기다리는 동안 확인한 퀘스트를 떠올렸다.

퀘스트3: 냉기의 정령왕의 분노를 잠재워라(최상급) ─ 성공!

무려 최상급 퀘스트다.

이걸 스텟으로 환산하면 한 번에 엄청나게 오를 테지.

하지만 이번만큼은 무슨 일이 있어도 전이의 각인의 등급을 높여야 한다. 그래야 레빈슨의 차원을 넘나드는 계략에 효과적으로 대응할 수 있을 테니까.

─그런데 왜 계속 남아 있어? 뭔가 볼일이라도 있는 거야?

분명 내 생각을 읽었을 텐데도, 아이시아는 시치미를 뚝 떼며 질문을 던졌다.

나는 쓴웃음을 지으며 고개를 끄덕였다.

"네. 제게 정령왕의 힘을 내려주시면 안 되겠습니까?"

─진짜? 욕심이 너무 많은 거 아니야?

아이시아는 내 양 손등을 번갈아 가리켰다.

─너 말이야, 이미 노바로스와 아쿠렘의 힘을 가지고 있잖아? 두 정령왕의 화신인 주제에, 거기에 또 다른 정령왕의 힘까지 욕심낸다고?

"다다익선이라고 하니까요. 부작용이 없다면 꼭 가지고 싶습니다. 당신의 힘을 말이죠. 아, 혹시 걱정되시는 겁니까?"

─걱정? 무슨 걱정?

"자신의 힘이 다른 두 정령왕의 힘에 비해 부족하면 어쩌나

하는 걱정 말이죠.

─그게 무슨 헛소리야!

순간 냉기의 동굴 전체의 기온이 20도쯤 하락했다.

가이린은 아이시아의 어깨에 손을 얹으며 천천히 고개를 저었다.

─진정해라, 아이시아. 정령사는 농담을 하고 있는 것이다.

─정말? 생각만 읽으면 농담이 아닌 것 같은데? 날 도발하고 있잖아!

─그게 그거다. 우린 정령왕이니 좀 더 여유를 가질 필요가 있어.

가이린과 아이시아의 성격은 극히 대조적이었다. 가이린은 내 쪽을 돌아보며 부드럽게 미소를 지었다.

─아이시아를 너무 놀리지 말았으면 한다, 정령사여. 그리고 미안하구나. 내가 정상적인 상태였다면 먼저 그대에게 힘을 나누어주었을 텐데.

─흥, 그래봤자 저 인간은 너랑 내 힘을 동시에 원했을걸? 안 그래, 주한? 나중에 가이린이 힘을 회복하면 그쪽의 힘도 달라고 조를 거지?

"네. 그럴 계획입니다."

나는 솔직하게 고개를 끄덕였다. 아이시아는 질렸다는 얼굴로 고개를 저으며 말했다.

─인간의 욕심은 정말 끝이 없네… 뭐, 좋아. 빚을 졌으니까

갚아야지.

그러고는 손바닥 위에 작은 눈꽃을 만든 다음, 내 쪽을 향해 후 불었다.

동시에 내 손바닥에 얼어붙는 듯한 냉기가 느껴졌다.

"큭……."

─엄살은? 그거 진짜 아픈 거 아니라 느낌만 그런 거야. 걱정 안 해도 돼.

아이시아는 심술궂은 표정으로 웃으며 말했다.

─오른 손등엔 노바로스의 문장이 있어서, 가능한 상극이 겹치지 않도록 왼쪽 손바닥으로 했어. 아쿠렘이랑 나는 꽤 성격이 잘 맞으니까.

왼쪽 손등엔 물의 정령왕인 아쿠렘의 문장이 새겨져 있다. 나는 짧게 한숨을 내쉬며 고개를 끄덕였다.

"배려해 주셔서 감사합니다, 아이시아."

─오냐. 됐지? 그럼 이제 돌아가 봐. 난 여기 언니랑 쌓인 이야기를 좀 풀어야 할 거 같으니까.

아이시아는 빨리 사라지라는 든 손바닥을 흔들었다.

이미 세 시간이나 수다를 떨어놓고도 모자란 듯했다. 나는 고개를 끄덕이며 두 정령왕에게 작별 인사를 올렸다.

"그럼 돌아가 보겠습니다. 일이 잘되어 정말 다행입니다."

─정령사여, 그대에겐 뭐라 감사를 표해야 할지 모르겠다.

그러자 가이린이 다가와 내 오른손을 잡았다.

—이쪽 손바닥은 내가 점찍어놓았다. 일 년쯤 지나면 내 힘이 회복될 테니 다시 돌아와 주길 바란다. 알겠느냐?

"명심하겠습니다."

　나는 웃으며 고개를 끄덕였다. 그러자 가이린도 빙긋 웃으며 고개를 끄덕였다.

"아, 그러고 보니……."

　나는 냉기의 동굴을 벗어나기 전에 마지막으로 두 정령왕에게 질문했다.

"혹시 바람의 정령왕이 어디에 계신지 알고 계십니까?"

　—에잇! 이 욕심덩어리가! 빨리 안 꺼질래? 확 절대영도 뿌려 버릴라?

　아이시아는 양손으로 확성기 모양을 만들어 입에 가져갔다. 나는 급히 몸을 돌리며 동굴 출구를 향해 달리기 시작했다.

　그러자 머릿속에 가이린의 목소리가 들렸다.

　—바람의 정령왕, 쿨로다는 칼날 산맥에 기거하고 있느니라. 그대의 앞날에 모든 정령왕의 축복이 깃들길 기원하겠다.

＊　　　　　＊　　　　　＊

　냉기의 동굴 밖으로 나오자마자 엑페가 소리쳤다.

"주한, 너무 오래 걸렸어!"

"죄송합니다!"

나는 곧바로 광장을 벗어나 위층으로 몸을 날렸다. 엑페 역시 상대하던 대지의 정령들을 내버려 둔 채 내 옆으로 뛰어올랐다.

"잘됐어? 이제 저쪽 동굴 안 막고 있어도 돼?"

"네. 잘 해결됐습니다. 이젠 대지의 정령들이 저쪽으로 넘어가도 상관없을 겁니다."

나는 곧바로 자초지종을 설명했다. 엑페는 놀란 얼굴로 고개를 끄덕이며 탄식했다.

"아… 그러니까 냉기의 정령왕이 미쳐서 폭주하고 있었단 거야? 심지어 보이디아 차원의 영향을 받아서?"

"지금은 회복됐습니다. 덕분에 즉석에서 받은 퀘스트도 해결됐죠."

"아, 정말?"

엑페는 그제야 눈치챈 듯 자신의 몸을 바라보았다.

"와! 정말이네? 내 퀘스트도 해결됐어! 여기서 백 년이나 이 짓거리를 했는데도 소용없었는데!"

"잘됐군요. 그러고 보니 당신의 퀘스트도 최상급이었죠?"

"맞아! 이걸로 오러를 한 번에 팍 높일 수 있겠네!"

엑페는 활짝 웃으며 고개를 끄덕였다. 나는 그녀를 스캐닝하며 함께 미소를 지었다.

퀘스트4: 냉기의 정령왕과 대지의 정령왕의 분쟁을 중재하라(최상급) ― 성공!

"정말 잘됐습니다. 그런데 엑페, 당신은 스캐닝이 없지 않습니까?"

"응, 없지. 나만 아니라 이제 세상 사람들 모두가 없잖아? 너만 빼고."

"저와 레빈슨만 빼고 입니다. 그런데 자신의 퀘스트는 보입니까?"

"보여. 난 다섯 살 때부터 퀘스트가 보이기 시작했다고. 스캐닝의 각인을 받기 전부터 말이야."

엑페는 그렇게 말하며 허공을 응시했다.

아무래도 당장 퀘스트의 성공 보상을 선택하고 있는 모양이다. 나는 반사적으로 고개를 저으며 말했다.

"잠시만요, 엑페. 당장 보상을 선택하진 마십시오."

"응? 뭐야, 설마 요 정도로 내가 너보다 더 강해질까 봐 걱정하는 거니?"

"절대 아닙니다."

나는 고개를 저으며 진지하게 말했다.

"다른 활용법도 고려하시란 말씀입니다. 예를 들어 성공 보상으로 마력 스텟을 높이면 또 다른 퀘스트를 깰 수도 있지 않겠습니까?"

"아, 마력을 각성하란 말이지?"

엑페는 솔깃한 표정으로 잠시 생각하다 말했다.

"근데 그래봤자 손해잖아? 마력 각성 퀘스트는 하급이야. 그거로는 스텟을 10밖에 못 높여."

"말하자면 그렇다는 말입니다. 당장 중요한 게 아니면 좀 더 두고 보다가 유용하게 쓸 때가 오지 않겠습니까?"

덕분에 저는 당신을 이길 수 있었습니다.

차마 거기까지는 말할 수 없었다. 그래도 엑페는 납득을 했는지 고개를 끄덕였다.

"하긴… 맞는 말이야. 당장 오러를 높인다고 새롭게 각성하는 것도 아니고. 널 이길 만큼 힘을 얻는 것도 아닐 테니까."

"네. 필요할 때가 되면 언제라도 보상을 받을 수 있으니까요."

"그렇지. 그래도 궁금하긴 했는데."

엑페는 어깨를 으쓱이며 손가락으로 숫자를 셌다.

"최상급 퀘스트는 스텟을 얼마나 주는지 궁금했거든. 하급은 10, 중급은 25, 상급은 40이야."

"그렇다면 최상급은 55일 확률이 높겠군요."

정말이라면 단숨에 레벨이 2가 올라가게 된다.

확실히 이걸로 각인의 등급을 높이는 건 아깝다.

하지만 선택의 여지가 없었다. 나는 맵온을 열고 노천 광산의 층을 하나씩 뛰어오르며 말했다.

"아무튼 시간이 오래 걸렸습니다. 정령왕들이 수다를 떠는 바람에… 스텔라가 위에서 걱정하고 있겠군요."

"그러게. 아직 거기 무사히 있지?"

"네. 그대로 있습니다."

맵온에 표시되는 스텔라의 붉은 점은 처음 그대로였다.

그런데 반대편으로부터 스텔라를 향해 다가오는 붉은 점들이 있었다. 나는 노바로스의 힘과 오러를 동시에 발동시키며 전력으로 속도를 내기 시작했다.

"뭐야! 왜 갑자기 그래!"

뒤따라오던 엑페가 소리쳤다. 나는 등줄기에 식은땀이 흐르는 것을 느끼며 대꾸했다.

"누군가 이쪽으로 오고 있습니다! 빨리 올라가지 않으면 스텔라가 위험합니다!"

*　　　　　*　　　　　*

하지만 위험하지 않았다.

*　　　　　*　　　　　*

순식간에 노천광을 다시 올라온 나는 반가워하는 스텔라를 등 뒤에 놓고 정면을 노려보았다.

"왜 그래? 무슨 일이야?"

"누가 이쪽으로 오고 있어."

"누가? 라칸 반도엔 사람이 살지 않는다며?"

그래서 문제다.

빠르게 이쪽으로 접근하는 세 명의 인간은 결국 제국의 본토에서 우리의 뒤를 쫓아왔다는 것을 의미한다.

'누구지? 대신전의 신관들인가? 아니면 세뇌당한 지구인? 아니면 제국의 기사들인가?'

전부 아니었다. 나는 멀리에서 날아오는 세 명의 마법사를 올려다보며 눈살을 찌푸렸다.

"크로니클?"

마법사들의 옷에는 크로니클사의 마크가 새겨져 있었다. 이쪽을 발견한 마법사들은 급히 지면으로 하강했다.

"헉… 허억… 문주한 실장님이시죠?"

리더로 보이는 남자가 거친 숨을 몰아쉬며 다가왔다. 나는 남자를 스캐닝하며 고개를 끄덕였다.

"네. 실례지만 크로니클 분이십니까?"

"네. 크로니클 정보 팀 소속인 로지드라고 합니다. 뒤쪽은 같은 팀 소속 팀원들입니다."

로지드는 심호흡을 하며 등에 메고 있던 배낭 속에서 작은 포션병을 꺼내 마시기 시작했다.

"휴우……. 아, 죄송합니다. 너무 전력으로 날아오느라 마력 소모가 심해서 그만."

"괜찮습니다. 그보다도 무슨 일입니까? 회장님이 보내셨습니까?"

"네, 글라시스 회장님께서 급한 전보를 보내셨습니다."

굳이 제국령까지 사람을 보내 날 찾은 것이다. 나는 뭔가 심상치 않은 일이 터졌다고 생각하며 입술을 깨물었다.

"전보가… 음, 아, 맞다. 죄송합니다."

로지드는 다시금 가방을 뒤적거리다가 고개를 저으며 사과했다.

"전보는 따로 없습니다. 죄송합니다, 제가 정신이 없어서. 회장님께서는 그냥 실장님을 찾아 최대한 빨리 이 사실을 전해 달라고 말씀하셨습니다. 솔직히 정말 힘들었습니다. 마지막으로 실장님이 목격된 마을에서 실장님이 구입하신 물건들을 단서 삼아 목적지를 알아내느라……."

"무슨 사실을 말입니까?"

나는 로지드의 말을 끊고 재촉했다. 그는 잠시 눈을 깜빡이다 헛기침을 하며 말했다.

"정말 모르고 계셨군요. 신성제국엔 차원경이 없으니 어쩔 수 없겠죠."

"차원경요?"

"네. 지금 지구를 비추는 차원경들에 이상이 발생했습니다."

"이상이라니, 차원경이 더 이상 작동하지 않습니까?"

"아니요. 정확히 말하면 차원경이 아니라 지구에 문제가 터졌습니다. 그러니까 전 지구적으로······."

로지드는 잠시 머뭇거리다 말을 이었다.

"몬스터가 나타났습니다."

"네?"

순간 머릿속이 하얗게 변했다.

"···몬스터라니, 샌드 웜이나 스카이 웜 같은 그런 몬스터 말입니까? 드래곤이나 비홀더 같은?"

"네. 다만 저도 처음 보는 종류인지라··· 아무튼 그렇습니다."

"에구! 젊은 놈이 늙은이 학대한다!"

그때 엑페가 뒤늦게 지상으로 올라오며 소리쳤다.

"야, 주한! 난 세 시간 넘게 정령들과 싸우고 있었다고! 혼자 휙 가버리면 어떻게 하니! 그런데 스텔라는 괜찮아?"

"네, 괜찮습니다."

스텔라가 빙긋 웃으며 답했다. 엑페는 안도의 한숨을 내쉬며 스텔라의 머리를 쓰다듬었다.

"에구, 다행이네. 저 녀석이 갑자기 열을 내서 깜짝 놀랐지 뭐니? 근데 여기 이 사람들은 누구야?"

"크로니클에서 보낸 전령입니다."

나는 마른침을 삼키며 말했다.

"지금 지구에 몬스터들이 출몰했다고 합니다. 실시간으로 차원경으로 방송되고 있는 것 같습니다."

"뭐? 정말?"

엑페는 놀란 눈을 깜빡였다.

"대신관이 저지른 거야? 그 며칠 사이에?"

"그런 모양입니다."

나는 레빈슨의 얼굴을 떠올리며 고개를 끄덕였다. 엑페는 고개를 갸웃거리다가 이상하다는 듯 말했다.

"그런데 어떻게? 지금 그 오비탈인가 하는 차원에 있다며?"

"중간에 다시 레비그라스로 돌아온 거겠죠."

"하지만 돌아왔다 해도… 이상하잖니? 당장 우리한테 걸리면 끝장이라는 걸 그 남자도 알아. 당연히 숨어 다녀도 모자란 판에, 대놓고 몬스터 서식지를 돌아다니면서 그놈들을 잡아서 지구로 보냈다고?"

*   *   *

20개가 넘는 차원경이 동시에 다양한 지구의 모습을 비추고 있었다.

그중 대부분이 파괴된 도시였고, 파괴당하고 있는 도시였으며, 혹은 파괴에 대비하기 위해 군대가 이동하고 있는 도시였다.

"여기에는 공격당한 도심지를 비추는 차원경만 모아놓았습니다."

박 소위는 난감한 얼굴로 차원경들을 둘러보며 말했다.

"그 밖에 야전을 치른 곳이나, 죽은 몬스터의 시체를 비추는 차원경은 옆방에 모아놓았습니다. 먼저 그곳부터 갈까요?"

"아니, 괜찮다."

나는 즉시 고개를 저었다.

이곳은 크로니클이 사무실로 쓰고 있는 뱅가드의 호텔이다. 나는 쓰러진 몬스터를 비추고 있는 차원경을 가리키며 말했다.

"몬스터는 여기서도 볼 수 있으니까. 아, 저기도 있군. 저기도 있고… 대체 어떻게 이런 일이 벌어질 수 있는 거지?"

"저도 모르겠습니다."

박 소위는 한숨을 내쉬며 고개를 저었다.

몬스터.

하지만 내가 알고 있는 형태의 몬스터는 아니다.

그것은 한마디로는 설명할 수 없는 복잡하면서도 기괴한 형태를 가지고 있었다.

말미잘처럼 생겼지만, 촉수 하나하나에 입과 눈알이 달린 몬스터.

긴 뱀처럼 생겼지만, 온몸에 가시 같은 털이 돋아 있는 몬스터.

고래와 같은 형태에, 총 열두 개의 다리가 달린 몬스터.

그중 어느 것 하나도 레비그라스에는 존재하지 않는 몬스터였다.

심지어 기계였다.

정확히는 생체와 기계가 융합된 형태다. 차원경에는 방진복을 입은 우주인 같은 인간들이 조심스럽게 몬스터의 시체를 조사하고 있었다.

"사이보그화인가……."

나는 전생의 기억을 떠올리며 중얼거렸다.

초과학 차원.

지금은 오비탈 차원으로 불리는 세계의 귀환자들은 전부 사이보그가 되어 로봇 군대를 지휘하며 지구를 공격했다.

"저거… 사이보그 팩일까요?"

박 소위가 눈살을 찌푸리며 물었다.

'사이보그 팩'은 오비탈 차원의 귀환자들이 소유하고 있던 보급 물자로, 외부의 공격으로 파괴되거나 결손된 신체 부위를 다시 기계로 복구시키는 능력을 가지고 있었다.

당장 박 소위만 해도 적에게 노획한 '사이보그 팩'을 활용해 목숨을 부지한 인간이다. 나는 차원경을 노려보며 고개를 끄덕였다.

"그런 것 같군. 그런데 박 소위?"

"네, 준장님."

"내 지식은 한계가 있어서 모르겠군. 레비그라스에는 저런 형태의 몬스터가 존재하나?"

"존재하지 않습니다."

박 소위는 고개를 저으며 대답했다.

"저는 레비그라스에서 확인된 모든 종류의 몬스터를 알고 있습니다. 심지어 실제로 확인된 바 없는 전설적인 몬스터까지 말이죠. 하지만 그중에도 저런 기괴한 것들은 없습니다."

"그렇다면… 아무래도 오비탈 차원에 서식하는 몬스터인가 보군."

그렇게밖에는 생각할 수 없었다.

오비탈 차원의 인간들이 자신들의 세상에 살고 있는 몬스터를 '사이보그'로 진화시켜서 지구로 보낸 것이다.

나는 혹시나 하는 마음에 전생의 모든 기억을 되짚었다.

"박 소위, 내 기억으로는 오비탈 차원에서 저런 몬스터를 보낸 적은 없던 것 같은데?"

"네. 지구에 온 몬스터는 전부 레비그라스 차원의 몬스터들이었습니다. 전부 생체였죠."

"그럼 뭐가 달라진 거지? 오비탈 차원의 공격 방식이 왜 달라진 거지?"

나는 답을 알고 있으면서도 굳이 질문했다. 박 소위는 입술을 깨물며 잠시 침묵하다 답했다.

"레빈슨이겠죠."

"그래. 레빈슨이겠지."

나는 한숨을 내쉬었다.

오비탈 차원으로 건너간 레빈슨이 전생에는 없던 새로운 공격 작전을 구상한 것이다.

전생의 레빈슨이 움직인 것은 이미 세뇌한 지구인들의 힘으로 여유 있게 레비그라스를 통일한 다음이었다.

하지만 지금의 레빈슨은 달랐다. 그는 레비그라스라는 거점을 잃고 예정보다 훨씬 빠르게 오비탈 차원으로 넘어가 버린 것이다.

"박 소위, 원래 세계에서… 레빈슨은 귀환자들과 레비그라스 차원의 몬스터를 동원해 지구를 공격하기 시작했다. 이건 우리가 직접 경험했고, 또 스텔라의 이야기를 통해 교차 검증된 사실이지."

"네, 그렇습니다."

"그리고 그가 쓰는 전이의 각인은 지구인을 한 번에 한 명씩밖에 귀환시키지 못한다. 만약 수십 명을 한 번에 보낼 수 있었다면, 우린 귀환자의 공격을 수십 년 동안 버텨내지 못했겠지."

"그렇습니다. 그런데 새삼 그 이야기는 왜 하시는 겁니까?"

"그리고 여기서부터는 내 상상이다."

나는 반쯤 폐허가 된 도시의 중심가를 바라보며 말했다.

"지구는 초기의 귀환자들을 효과적으로 방어해 냈다. 레빈슨은 그것을 차원경으로 지켜봤겠지. 그리고 어쩌면 레비그라스의 힘만으로는 지구인을 멸종시키기 힘들지도 모른다고 생각했다."

"아……."

"그래서 동시에 투 트랙 전략을 쓰기 시작했다. 레비그라스 차원의 귀환자들을 계속 보내면서, 동시에 오비탈 차원에 넘어가 그쪽의 힘을 빌린 거지."

"하지만… 나중엔 다른 차원의 귀환자들끼리도 접촉하면 싸우지 않았습니까?"

"거기까지 컨트롤할 수는 없었겠지."

나는 쓴웃음을 지으며 고개를 저었다.

"아니면 알면서도 보냈다든가. 순수한 지구인이든 귀환자든 간에… 결국 다 죽어야 할 인간들이었을 테니까."

나는 얼음 대륙의 거점에서 만났던 레빈슨의 이야기를 들려주었다. 박 소위는 긴장한 얼굴로 식은땀을 닦으며 말했다.

"과연… 그런 이유가 있었군요. 지구인을 멸종시킬 이유가."

"어쨌든 레빈슨은 오비탈 차원까지 동원해서 지구로 귀환자들을 보냈다. 처음에 소환한 지구인을 다시 오비탈 차원으로 보낸 건지, 아니면 나중에 다시 지구인을 강제로 오비탈 차원에 소환한 것까지는 모르지만… 어쨌든 모든 일의 원흉이 레빈슨이라는 건 변함없겠지."

"차원 이동 기술을 보유한 건 레빈슨뿐이니까요. 지금 당장으로선. 그럼 오비탈 차원의 힘으로도 안 되니까, 나중엔 결국 보이디아 차원으로 넘어가서 그쪽의 힘까지 동원한 겁니까?"

"거기까진 모르겠군."

나는 고개를 저으며 말했다.

"결국 레빈슨이 막으려는 건 보이디아 차원의 힘이다. 그런 와중에 그쪽의 힘을 동원하는 건 제정신이 아니지."

"하지만 이미 전력이 있으니까요. 루도카를 우주 괴수로 만든 것도 결국 레빈슨의 짓이 아닙니까?"

"그래서 아니라고 말한 게 아니라 모르겠다고 말한 거다."

나는 고개를 끄덕이며 설명했다.

"그럴 가능성도 있고, 아닐 가능성도 있으니까. 무엇보다 보이디아 차원은 자체적으로 차원 이동을 할 수 있는 능력이 있음에 틀림없어."

"어째서입니까?"

"그렇지 않다면 레빈슨이 굳이 지구인을 멸망시킬 필요가 없으니까."

아무리 다른 차원을 넘나들어도 죽지 않는 지구인을 얻는다 해도, 결국 차원을 이동하는 능력이 없다면 아무런 위험도 될 수 없다.

"과연… 그건 그렇군요."

박 소위는 즉시 이해하며 말을 이었다.

"어쨌든 당장 지구가 공격받고 있습니다. 저희들이 경험한 역사와는 많이 다른 형태지만요."

"레빈슨과 이야기를 한 게 고작 며칠 전이다. 결국 그 전부터 오비탈 차원과 협력해서 이런 식의 공격을 계획하고 있던 거겠지."

"네. 그리고 당분간은 큰 문제가 없을 겁니다."

"어떻게 그걸 확신하지?"

"차원경을 모아 모니터링을 하는 전담 팀을 만들었습니다. 그쪽 보고에 따르면 지구의 거의 전 지역에서 사이보그 몬스터를 효과적으로 물리쳤다고 합니다."

당장 내가 들어온 이 방에도 원래는 모니터링을 하는 세 명의 직원이 앉아 있었다. 나는 잠시 생각하다 고개를 저으며 말했다.

"하지만 공격은 이제 막 시작됐을 뿐이다. 지금쯤 지구는 엄청난 혼란에 빠져 있겠지."

"네. 사회적인 혼란은 상당한 수준입니다. 그래도 사이보그 몬스터의 전투력은 지구의 군사력으로 충분히 대처할 수 있는 수준입니다. 물론 과거의 경험에 따르면……"

"점점 더 강해지겠지."

"네. 점점 더 강해지겠죠."

박 소위는 연신 한숨을 내쉬었다.

"사실 이상한 점은 또 있습니다. 이번 침공은 말 그대로 지구의 전 지역에서 동시다발적으로 벌어졌습니다. 차원경으로 확인된 것만 총 27곳입니다."

"너무 많군."

"네. 너무 많습니다. 보통 귀환자는 며칠 간격으로, 그것도 한 번에 한 명씩밖에 돌아오지 않았으니까요."

"물론 몬스터를 보낼 때는 좀 더 규모가 컸지. 그렇다고 동시에 전 세계 수십 곳에 동시다발적으로 보낸 건 아니지만."

"결국 뭔가가 달라진 겁니다. 레빈슨의 전이의 각인이 더 발달했거나, 혹은 또 다른 각인사가 있다는 게 되겠죠."

"또 다른… 퀘스트를 받는 인간이 있다는 건가?"

퀘스트를 받는 인간.

나, 레빈슨, 셀리아 왕녀, 엑페.

내가 아는 한에서는 그렇게 네 명이 전부다.

'어쩌면 신성제국의 전 황제도 퀘스트를 받는 인간이었을지도 모른다. 하지만 죽었지. 혹시 또 누가 있을까?'

지금까지의 경험을 통해, 가장 가능성이 높은 것은 바로 전 제국 황제의 모친이자 언페이트의 수장인 '유메라 크루이거'였다.

나는 박 소위에게 즉시 물었다.

"혹시 유메라 크루이거가 지금 어떻게 됐는지 알고 있나?"

"제국의 황태후 말입니까? 그러니까 아마… 노환으로 거의 움직일 수 없다고 합니다. 죽었다는 이야기는 없지만, 아무래도 언페이트의 탑에서 두문불출하는 모양입니다."

"누군가 직접 확인했나? 성도에 있는 크로니클의 현지 정보원이라던가?"

"그건 아닙니다. 아무리 유능한 정보원이라도 언페이트의 탑에 들어갈 수는 없으니까요."

"가능하면 확인을 하는 게 좋겠군. 유메라 크루이거가 정말로 언페이트의 탑 안에 있는지."

"알겠습니다. 정보력을 그쪽으로 집중시키도록 하죠. 그럼 준장님께서는 황태후를 의심하시는 겁니까?"

"황태후는 감정의 각인을 최상급으로 높였을 가능성이 있다. 그렇다면 퀘스트를 받는 인간이라는 말이지. 어쩌면 전이의 각인도 최상급으로 높였을지도 몰라."

"과연… 그렇군요."

"특히 전이의 각인은 직접 마력을 소모해야 쓸 수 있는 각인이다. 아크 위저드인 황태후에겐 더할 나위 없이 적합한 능력이겠지."

그렇다면 대단히 귀찮은 일이 될 것이다. 지금까지 혼자서 하던 작업을 두 명이 번갈아가며 할 수 있을 테니까.

그런데 그 순간, 나는 불현듯 불길한 상상에 사로잡혔다.

'인간의 마력은 유한하다. 전부 쓰면 회복될 때까지 시간이 필요하지.'

제아무리 레빈슨이나 황태후라 해도, 그 법칙에서 자유로울 수는 없을 것이다.

문제는 지금 레비그라스에는 돈만 있다면 마력을 무한정 회복시킬 수 있는 물건이 생겼다는 것이다.

나는 가슴이 철렁 내려앉는 것을 느끼며 박 소위를 노려보았다.

"준장님? 왜 그러십니까?"

"박 소위, 마력 회복 포션 말인데."

"네? 아, 네."

"지금 대량생산해서 자유 진영 전체에 유통하고 있다고 했지?"

"그렇습니다. 불티나게 팔리고 있죠. 공장을 4교대로 24시간 풀가동하고 있는데도 물량이 부족합니다. 최근 보름 사이에 생산 라인을 세 배로 늘렸습니다. 그런데 갑자기 왜 그러십니까? 아, 걱정하실 필요 없습니다. 준장님께 드리는 포션은 훨씬 개량된 특제품이니까요. 당분간은 준장님께만 독점적으로 공급할 계획이니……"

"그게 아니야."

나는 심각한 얼굴로 명령했다.

"박 소위, 지금 당장 마력 회복 포션의 물량과 소비처를 확인하게."

"소비처요? 물론 사 가는 사람들은 대부분 마법사입니다. 전이의 각인사라든가, 헌터라든가, 용병이라든가……"

"그게 아니야. 누군가 시중에 풀리는 마력 회복 포션을 집중적으로 사재기하고 있는지를 확인해야 해."

"사재기요? 설마 누군가 물량을 끌어모은 다음에 웃돈을 붙여서 팔 거란 말씀입니까? 걱정하지 마십시오. 이래 봬도 저도 장사의 프로입니다. 이미 독점 판매권을 가진 상점이 아닌 곳에서 포션을 파는 행위는 엄중하게 단속을……."

"레비의 대신전에서 몰래 대량의 마력 회복 포션을 구입해 갔을 가능성이 있다."

나는 결론부터 말했다. 박 소위는 경직된 얼굴로 날 마주보았다.

"아… 아니… 아니! 설마!"

"그래. 바로 그 설마다."

나는 고개를 끄덕이며 입술을 깨물었다.

"마력 회복 포션은 전에 없던 강력한 포션이지. 적들도 그 포션의 활용법을 깨달은 거다."

· 85장 ·
변하는 인간들

금속.

그리고 강화유리.

그것이 전부였다. 이토록 넓은 방을 구성하고 있는 물질 중에 유기체는 단 하나도 존재하지 않았다.

"오비탈인들이 '과학'이라 부르는 것도 만능은 아닌 모양입니다."

레빈슨은 방 한쪽에 가득 쌓인 상자들을 바라보며 말했다.

"샘플로 몇 병을 제공했지만 복제가 불가능하다고 하는군요. 오비탈 차원에 존재하지 않는 소재가 필요하다고 합니다."

"…그게 뭐지?"

나이 든 노파가 쇳소리를 내며 물었다.

목소리가 쉬어서 그런 게 아니라, 정말 금속성의 울림이 있는 목소리였다.

레빈슨은 미소를 지으며 대답했다.

"몬스터입니다."

"몬스터는 여기도 있지 않나?"

"마나가 존재하는 세계에서 태어나 성장한 몬스터가 필요하다고 합니다. 즉, 레비그라스의 몬스터죠."

"그런가……."

노파는 무표정한 얼굴로 고개를 끄덕였다.

노파의 얼굴은 이미 대부분이 금속으로 변해 있었다.

그것은 촘촘하게 들어찬 코일과 반짝이는 칩들의 집합체였다. 레빈슨은 얼굴에 웃음기를 거두며 무거운 목소리로 물었다.

"황태후 전하, 지금 전하는 정말 당신이십니까?"

"이제 와서 무슨 소리인가?"

노파는 어이없다는 얼굴로 레빈슨을 보았다.

"날 이렇게 만든 건 그대이지 않나? 노환으로 죽어가는 몸을 대체할 수 있다며… 내 허락도 받지 않고 강제로 밀어붙였지."

"절 원망하십니까?"

"아니, 그렇지 않네."

노파는 고개를 저었다.

"솔직히 아주 편해졌어. 150을 넘기면 몸의 대부분이 아프고 안 움직인다네. 그런데 그게 전부 사라졌지. 그것만으로도 정말 개운하네."

노파는 기계로 변한 양팔을 바라보며 흡족한 미소를 지었다.

황태후.

그녀는 바로 제국의 전 황제였던 카이엔 누와 크루이거의 모친인 유메라 크루이거였다.

"살아 있는 몸뚱이가 아까운 건 그게 잘 움직일 때나 그렇지. 나쯤 되면 조금도 애착이 없네."

"그렇습니까?"

"그래. 그런 의미로 물어본 건 아닌가, 대신관? 내가 정말 나냐고?"

유메라는 클클거리며 고개를 저었다.

"그대가 '사이보그팩'이란 물건을 내 몸에 붙인 순간, 이미 유메라 크루이거는 사라진 거야."

"그럼 당신은 누구십니까?"

"물론 유메라 크루이거지."

유메라는 농담처럼 말했다.

하지만 표정은 전혀 웃고 있지 않았다. 레빈슨은 등줄기에 식은땀이 흐르는 것을 느끼며 고개를 끄덕였다.

"그거면 충분합니다, 전하."

"그대도 그 괴상한 갑옷 따윈 벗어버리는 게 어떤가? 무척 답답해 보이는군."

"그럼 죽습니다. 여긴 레비그라스가 아니고, 전 지구인이 아니니까요."

"그러니 나처럼 되게. 물론 그대는 육체가 아직 젊으니 아깝겠지만……."

빠각!

유메라는 앞에 놓인 강철 테이블을 한 손으로 집어 들며 말했다.

"이 육체도 그 나름대로의 매력이 있어. 어떤가?"

"사양하겠습니다."

레빈슨은 즉시 고개를 저었다.

"적어도 당분간은 말입니다. 물론 당신을 그렇게 만든 제가 할 말은 아닙니다만… 저는 아직 제 순수한 육체를 가지고 신께 봉사해야 할 책임이 있습니다."

"책임이라. …좋을 대로 하게. 괜히 내 눈치는 보지 말고."

"그런데 궁금하군요. 마력의 근원은 육체에 있습니다. 특히 혈액이 중요하죠. 그런데 어떻게 여전히 아크 위저드의 마력을 유지할 수 있는 겁니까?"

레빈슨이 스캐닝을 하며 물었다. 유메라는 자신의 몸을 잠시 바라보다 고개를 저었다.

"내 몸이 전부 기계로 바뀐 건 아니네. 심장도, 혈관도, 혈액도 모두 그대로야. 그게 없으면 어떻게 뇌를 유지하겠나?

내 뇌는 인간의 것인데. 물론 완전무결하다고는 말 못 하겠네만……."

"그건 신기한 일이군요. 오비탈인들은 사이보그팩을 제게 주며 이렇게 말했습니다. 이건 결손되거나 수명이 다한 신체를 대체해 주는 물건이라고 말입니다."

"그럼 간단한 거 아닌가?"

유메라는 금속 섬유로 변한 눈꺼풀을 깜빡거렸다.

"아직 수명이 다하지 않은 모양이지. 그래서 남겨놓은 거야."

"오러가 인간의 육체를 강화하듯… 마력은 심혈관 계통을 강화시키는 모양이군요. 덕분에 좋은 것을 알았습니다. 아, 그러고 보니."

레빈슨은 두꺼운 유리창 밖으로 시선을 돌리며 말했다.

"새로운 몬스터들이 준비된 모양입니다. 이번에도 전하께서 수고해 주시기 바랍니다. 저는 아직 레비그라스 쪽에 신경 써야 하니까요."

"알겠네. 전처럼 무작위로 보내면 되나?"

"네. 물론 저런 걸로 지구인들이 멸망할 거라 생각하진 않습니다만……."

끼기기기기기기기기기기!

창밖에는 기계화된 거대한 짐승들이 고통스러운 듯 울부짖고 있었다. 레빈슨은 심호흡을 하며 말을 이었다.

"중요한 건 문주한을 지구로 보내는 것입니다. 그렇게 하면 시간을 벌 수 있을 테니까요."

"나는 잘 모르겠네. 그 지구인이 정말 그렇게 강하고 퀘스트를 받는다면… 결국 여기로 와서 문제의 근원을 파괴하지 않겠나?"

"그는 아직 모릅니다."

레빈슨은 미소를 지으며 말했다.

"그는 아직 한 번도 차원을 이동하지 않았습니다. 그래서 아무것도 모릅니다. 알게 되면 깜짝 놀라겠죠. 덕분에 전 시간을 벌 수 있고 말입니다, 후후후……."

레빈슨은 다시 한 번 창밖을 바라보며 웃었다.

기계화된 몬스터 주변으로 검과 마법을 겨루며 훈련에 매진하는 지구인들이 보였다.

그러자 유메라가 고개를 저었다.

"저건 쓸데없는 짓이야. 이곳 오비탈 차원엔 마나가 거의 없네. 아무리 수련을 해도 오러나 마력이 성장할 리 없어. 심지어 회복도 느리지. 나도 그대가 가져온 저 포션이 아니었다면 아무것도 못 했을 거야."

"물론 그렇습니다."

레빈슨은 고개를 끄덕이며 말했다.

"하지만 저들은 오러나 마력을 수련하고 있는 게 아닙니다. 그저 적응 훈련을 하고 있을 뿐이죠."

"적응 훈련?"

유메라는 기계가 된 눈을 가늘게 뜨며 창밖을 주시했다.

그리고 잠시 후, 그녀는 무표정한 얼굴로 웃으며 고개를 끄덕거렸다.

"그래, 그렇군. 나만 이렇게 된 게 아니었어. 사이보그팩은 하나가 아니었군. 전부 저렇게 만든 건가?"

"아닙니다. 빼돌린 지구인 중에 절반은 아직 레비그라스에 남아 있습니다. 전하처럼 변한 건 절반뿐입니다."

레빈슨은 눈을 가늘게 뜨며 말했다.

"저도 궁금합니다. 과연 저들이 얼마나 강력한 존재로 거듭날 수 있을지… 정말로 문주한의 숨통을 끊어놓을 수 있을지 말입니다. 그럼 루도카 황자의 원한도 갚을 수 있겠죠."

그러자 유리알 같은 유메라의 눈동자가 미세하게 흔들렸다.

"…정말 문주한이 루도카를 죽였나?"

"네, 그렇습니다."

레빈슨은 안타까운 표정으로 고개를 끄덕였다.

하지만 루도카가 자신의 도움으로 보이디아 차원에 넘어가서 새로운 힘을 얻었다든가, 혹은 자신의 힘을 감당하지 못하고 공허 합성체로 변해 제도를 파괴하던 이야기는 하지 않았다.

당시에 유메라는 노환으로 의식을 잃은 채 사경을 헤매던 중이었다. 그 때문에 언페이트의 탑 바깥에 무슨 일이 벌어지는지 전혀 모르고 있었다.

레빈슨은 포션병을 들어 유메라에게 건네주며 말했다.

"자, 그럼 다시 시작해 주십시오. 전하께서 노력해 주시는 만큼 저희들의 새로운 계획도 빠르게 전개될 겁니다."

"…알겠네."

유메라는 무표정한 얼굴로 포션을 들이켰다.

"이 포션, 자유 진영에서 새로 개발한 물건이라고 했나?"

"그렇습니다."

"상당히 비쌀 텐데, 용케도 이만큼이나 구했군. 그 문주한에 의해 대신전이 무너졌다고 하지 않았나?"

"물론 대신전 건물은 무너졌습니다, 하……."

레빈슨은 비웃음을 띠며 말했다.

"덕분에 적들도 방심하고 있겠죠. 대신전이 지난 수백 년간 쌓아온 자금이 대신전과 함께 사라졌다고 착각한 겁니다."

"돈은 다른 곳에 보관하고 있었나?"

"물론입니다. 그 착각이 저들의 방심을 불러 지금에 이른 것입니다."

변변한 가구 하나 없는 드넓은 방.

그곳엔 레빈슨이 공수해 온 포션 상자들이 말 그대로 꽉 차 있었다. 유메라는 포션을 상자째 뜯어 마시며 나지막한 목소리로 중얼거렸다.

"나는 손자의 원수를 갚기 위해 이 일을 하는 게 아니네. 대신전의 복수는 더욱 아니고, 물론 다시 살게 해준 그대에게 은혜를 갚기 위해 이러는 것도 아니야. 나는 그저… 다시 만난 '그분'의 명에 따를 뿐이네."

유메라가 말한 '그분'이란, 바로 빛의 신인 레비였다.

기계의 몸을 가지고 오비탈 차원에 온 덕분에 그녀는 자신이 결코 해결할 수 없을 거라 믿어온 퀘스트들을 단숨에 해결할 수 있었다.

그걸로 전이의 각인을 최상급으로 높였고, 동시에 번개를 맞으며 빛의 신을 직접 영접했다.

빛의 신은 그녀에게 많은 이야기를 하지 않았다.

―레빈슨의 명에 따르라.

그것이 전부였다.

그래서 그렇게 하기로 했다.

덕분에 유메라는 빛의 신으로부터 더욱 강력한 각인의 활용법을 배울 수 있었다.

그것을 알게 된 레빈슨은 그녀에게 매우 상징적인 일들을 맡기기 시작했다. 유메라는 레빈슨의 부탁을 고분고분 따르며, 이 새로운 세상에 대한 지식을 천천히 쌓아갔다.

*　　　*　　　*

"망했습니다."

박 소위는 양손으로 머리를 감싸 쥐었다.

"확인된 것만 약 1,500 상자입니다."

"마력 회복 포션 1,500 상자가 신성제국으로 넘어갔다는 건가?"

"네. 몇 개의 소매점들이 미리 부탁을 받고 대량으로 물량을 공급받아 넘겼습니다. 조사해 보니 딱히 숨기지도 않고 당당하게 말했다고 하더군요."

박 소위는 테이블에 놓인 전표를 바라보며 한숨을 내쉬었다.

"전쟁도 끝난 마당에, 이제 와서 신성제국에 포션이 넘어간다고 무슨 문제가 있냐고 생각한 모양입니다. 정가에 30%를 더 받고 팔았다고 털어놓았습니다."

"돈은 엄청 벌었겠군."

나는 혀를 차며 고개를 저었다.

"1,500 상자면 마력으로 어느 정도지?"

"상자 하나에 20병이 들어있습니다. 양산형 포션은 한 병에 7 정도 회복되니… 21만 정도의 마력을 회복할 수 있겠군요."

"21만이라. 내 마력의 최대치가 400 정도니까… 525번을 꽉 채울 수 있겠군."

"마력 회복 포션의 정가는 한 병에 120씰입니다. 한 상자에 2,400씰이죠. 그걸 3할이나 비싼 값에 1,500 상자나 구입하다니… 제가 적들의 자금력을 너무 얕보고 있었습니다."

박 소위가 말한 '적'이란 신성제국이 아닌, 대신전의 세력을 말하는 것이다.

신성제국은 현재 신(新)황제 등극은 물론, 성도 류브에서 벌어진 난리와 전쟁의 뒷수습을 위해 정신이 없는 상태였다.

나는 잠시 계산하다 한쪽 어깨를 으쓱이며 말했다.

"대충 470만 씰인가?"

"거기에 거래를 위해서 제국 화폐를 자유 진영의 화폐로 교환해야 했을 겁니다. 환전도 당연히 암거래로 했을 테니… 실질적으론 거의 두 배의 돈이 들었을 거라고 예상합니다."

"그렇군. 현재까지 포션의 유통량은 어느 정도인가?"

"시중에 풀린 건 총 4천 상자입니다. 거의 3분의 1이 제국으로 흘러 들어간 셈이죠."

"그리고 그 대부분이 어딘가에 숨어 있을 대신전의 세력에 넘어갔겠지."

"어쩌면 이미 오비탈 차원으로 넘어갔을지도 모릅니다."

'어쩌면'이 아니라, 반드시 넘어갔을 것이다.

그래야 지금 전 지구적으로 벌어지고 있는 몬스터 습격 사태를 설명할 수 있었다.

'스캐닝으로 확인한 레빈슨의 최대 마력은 463이다. 차원의 문을 여는 데 정확히 얼마의 마력이 필요한진 모르지만… 어쨌든 빠른 마력의 보급 없이는 불가능한 일이겠지.'

하물며 오비탈 차원에서 마력의 자연적인 회복이 가능한지조차 의문이다.

나는 한동안 생각하다 박 소위를 보며 물었다.

"대책은 세워놓았나? 지금까지는 그렇다 치더라도, 앞으로 더 넘어가는 건 막아야지."

"할 수 있는 모든 조치를 취해놓았습니다."

박 소위는 한숨을 내쉬며 고개를 저었다.

"하지만 그래도 막을 수 없다면… 결국 마력 회복 포션의 생산을 멈춰야겠죠."

"그럼 손해가 크지 않나?"

"이미 많이 벌었습니다. 연구에 들어간 비용이 아깝긴 하지만… 일단 새로운 포션도 개발에 박차를 가하고 있으니 큰 문제는 없겠죠."

"새로운 포션?"

"네. 이번에는 적들에게 넘어가도 상관없는 포션입니다."

박 소위는 그제야 겨우 표정을 풀며 말했다.

"영생의 물약의 복제에 성공했습니다."

"정말인가?"

나는 눈을 크게 뜨며 되물었다.

"하지만 전에는 불가능하다고 하지 않았나? 레비그라스에 없는 물질이 들어 있다고."

"네. 하지만 마력 회복 포션에 투입했던 연구원들을 전부 돌려서 연구한 결과, 신물질 없이 비슷한 효과를 내는 포션의 개발에 성공했습니다."

박 소위는 당당한 표정을 지으며 허리를 쭉 폈다.

"대신 효과는 많이 약합니다. 원본에 비하면 말이죠. 그래도 덕분에 원본이 가지고 있던 부작용까지 사라졌으니 오히려 잘된 일이라 할 수 있죠."

"부작용이라면 스카노스 회장처럼 변형체로 돌변하는 것 말인가?"

"네. 새로운 포션은 안전하게 수명을 증진시킵니다."

박 소위는 뒤쪽에 있는 캐비닛에서 몇 장의 서류를 꺼내 내밀며 말했다.

"정확히는 젊음을 유지한다고 해야겠죠. 아! 하지만 준장님께는 필요 없을 겁니다. 오러를 수련한 사람에겐 효과가 없습니다. 이미 비슷한 효과를 보고 있으니까요."

"그런가… 아무튼 이걸로도 떼돈을 벌 수 있겠군."

"네. 그러니 마력 회복 포션의 생산을 중단해도 당분간은 상관없습니다. 무엇보다 크로니클의 재정은 창업 이래로 가장 풍족한 상태입니다. 걱정하실 필요는 전혀 없습니다."

박 소위는 어깨를 으쓱이며 웃었다.

이미 죽은 스카노스 회장의 기업인 랜드픽은 전쟁을 통해 특수를 누리며 업계 1위로 올라서려는 꿈을 가지고 있었다.

하지만 아이러니하게도, 정작 전쟁의 특수를 누린 것은 박 소위의 크로니클이었다.

일단 새로 개발한 포션은 전 세계적으로 불타나게 팔렸다.

거기에 전쟁에서 패배한 신성제국은 협상을 통해 자국민에 대한 제약을 풀어야 했다.

덕분에 이제는 제국민들도 자유롭게 차원경을 구입해 시청할 수 있게 되었다.

그렇다고 제국민들의 여론이 한 번에 돌아선 건 아니다.

하지만 신황제의 등극과 레비의 대신전의 위축으로 인해, 반(反)자유 진영 일색이었던 분위기가 조금씩 돌아서고 있는 것도 사실이었다.

"아무튼 간에 차원경은 불타나게 팔리고 있습니다. 특히 최근 벌어진 지구의 난리… 때문에 더욱 관심을 끌고 있죠. 전투가 벌어지는 지역을 비추는 차원경은 엄청난 프리미엄이 붙는 모양입니다."

박 소위는 쓴웃음을 지으며 물었다.

"그래서 이젠 어떻게 하실 생각입니까? 전이의 각인으로 바로 지구로 넘어가실 겁니까?"

"그래야겠지."

나는 고개를 끄덕이며 한숨을 내쉬었다.

"하지만 어려운 일이다. 지구는 아직 인류 저항군이 결성되지 않았으니까. 대체 누구에게 가서 정보를 전달하고 상의를 해야 할지 감이 안 오는군."

"아무래도 미국이 아닐까요?"

"뭔가 상상이 잘 안 돼. 지구로 돌아가서 미국으로 간 다음에 미국 대통령을 찾아가는 건가? 그다음에 지금까지 내가 레비그라스에서 경험한 일과 앞으로 벌어질 일들을 말하고?"

"당장 몬스터도 출몰했으니까요. 믿고 싶지 않아도 믿어야 할 겁니다. 심지어 준장님은 소드 마스터니까요. 힘을 조금만 보여줘도 충분히 납득하지 않을까요?"

물론 박 소위의 의견이 정석일 것이다.

하지만 어딘지 모르게 찜찜했다.

물론 미국 대통령과 이야기를 나누는 게 찜찜한 건 아니다.

다만 내가 하려는 계획과 행동이, 이미 누군가가 계획한 대로 움직이는 것에 불과하다는 생각을 지울 수가 없었다.

나는 박 소위를 보며 물었다.

"내가 지구로 간 사이에, 레빈슨이 다시 레비그라스로 돌아오면 어떻게 하지?"

"뭘 걱정하고 계신지는 알겠습니다. 하지만 그래도 큰 문제는 없을 겁니다."

박 소위는 고개를 저으며 말했다.

"당장 레빈슨이 강력한 힘을 확보한 건 아니니까요. 빼돌린 지구인들이 아무리 강력한 재능을 가지고 있더라도… 당장 3단계 소드 익스퍼트나 소드 마스터가 될 리는 없습니다."

"오비탈 차원의 힘은?"

"그것도 마찬가지입니다. 그쪽 차원의 귀환자들을 상대해 보시지 않았습니까?"

물론 상대해 봤다.

그것도 군대를 지휘하며, 현대의 병기로 상대했다.

"사이보그나 로봇은 물론 강력한 상대였지. 하지만 총과 폭탄이 통하지 않는 상대는 아니었다. 레비그라스 차원의 오로라 마법처럼 물리적인 공격에 특별한 내성을 가진 건 아니었으니까."

"물론 두 힘이 합쳐지면 골치 아프겠죠. 하지만 이쪽엔 준장님에 필적하는 존재가 있습니다."

"엑페 말인가?"

물론 지금은 내가 월등히 앞서지만, 그녀가 소드 마스터라는 압도적인 존재라는 사실에는 변함이 없었다.

"엑페 님이라면 준장님이 안 계시는 동안 레비그라스를 지켜주실 수 있을 겁니다. 다만 그분을 얼마나 믿을 수 있을지가 문제입니다만……."

"엑페의 삶의 의미는 강자와의 전투다. 그리고 날 철석같이 신뢰하고 있지. 절대 배신하진 않을 거다."

"그렇다면 뭐가 걱정이십니까?"

박 소위는 양팔을 펼치며 말했다.

"바로 지구에 다녀오십시오. 가서 지구의 지도자들에게 정보를 전달하고, 혹시 새로운 몬스터가 침공하면 본보기로 깔끔하게 해치워 주십시오. 그리고 다시 돌아오면 그만 아닙니까?"

＊　　　＊　　　＊

"이거야!"

엑페는 바닥에 널브러진 채 환호성을 질렀다.

"너무 좋아! 역부족인 줄 알면서도, 전력을 다해서 압도적인 상대에게 모든 걸 쏟아부을 수 있다니! 내 평생 동안 이런 상황을 맛볼 수 있을 거라곤 상상도 못 했어!"

"…만족하셨습니까?"

나는 숨을 헐떡이며 고개를 저었다.

엑페와 단둘이 사막으로 나와, 아무런 방해도 없이 신명나게 10여 분을 싸웠다.

엑페는 온 사막에 모래가 휘날리고, 약 500미터 너비의 바위 지대가 자갈 지대로 바뀌고 나서야 항복을 선언했다.

"심장이 막 두근거리지 뭐니? 이 나이를 먹고 수련에 대한 욕심이 생길 줄이야. 빨리 더 강해져서 조금이라도 더 격차를 메우고 싶네."

"기대하겠습니다. 피가 많이 나는데 괜찮으십니까?"

나는 엑페에게 회복 포션을 건네주었다. 그녀는 아무런 의심 없이 포션을 받아 마시며 긴 한숨을 내쉬었다.

"휘유… 서비스가 좋네? 이런 상처쯤이야 침 바르면 나. 그런데 대체 뭘 부탁하려고 이렇게 잘해주는 거니?"

과연 살아온 연륜답게 눈치가 백단이다. 나는 쓴웃음을 지으며 사실대로 털어놓았다.

"며칠 후에 지구로 돌아가려고 합니다. 다녀오는 동안 레비그라스를 지켜주시지 않겠습니까? 레빈슨이 오비탈 차원의 힘을 동원해 이쪽을 공격할지도 모릅니다."

"응? 그건 또 무슨 소리니?"

엑페는 눈살을 찌푸리며 말했다.

"그런 거라면 부탁할 필요도 없어. 오히려 감사합니다! 하면서 내가 가서 싸울 테니까."

"목표가 자유 진영이라도 말입니까?"

"저런, 내 말을 이해 못 했구나?"

엑페는 피식 웃으며 고개를 저었다.

"목표가 어딘지는 상관없어. 레빈슨이 다시 공격해 온다면 분명히 강해졌기 때문이겠지? 직접 강해졌든, 자기가 빼돌린 지구인들이 강해졌든 말이야."

"네. 분명 그럴 겁니다."

"그럼 당연히 싸워야지! 내가 지금 이 사막 한가운데서 뙤약볕을 받으면서 쓰러져 있는 이유가 대체 뭐라고 생각하는 거니?"

"아… 그렇군요."

미처 거기까진 생각하지 못했다. 나는 허탈한 표정으로 웃을 수밖에 없었다.

그녀는 전투광이다.

그것도 자신에 필적하는, 혹은 자신보다 강력한 상대만 노리고 싸우는 진짜 전투광.

당연히 레빈슨이 강화된 지구인을 데리고 돌아온다면, 누구의 부탁이 없더라도 가장 먼저 나서 전투를 즐길 것이다.

"지금까지 이 세상엔 내가 싸울 만한 존재가 너무 없었어. 대놓고 조카인 황제와 싸울 수도 없고, 엘프 로드는 어디 숨었는지 코빼기도 안 보이고. 그러다 갑자기 세상이 좋아졌지 뭐니? 이 누나는 요즘 정말 행복하단다. 그러니 너도 걱정 말고 지구에 다녀오도록 해."

"알겠습니다."

나는 웃으며 대답했다. 엑페는 웅크리고 있던 몸을 일으키며 기지개를 켜기 시작했다.

"으아… 진짜 남은 오러를 싹싹 긁어서 싸웠지 뭐니? 지금 당장은 싸우래도 못 싸워. 그러니 갈 거면 며칠 후에 가렴. 내가 오러를 회복할 시간이 필요하니까."

"안 그래도 사흘쯤 후에 갈 생각이었습니다."

"그 정도면 충분하겠지. 아, 그러고 보니 거긴 안 가?"

"거기요?"

"그러니까… 칼날 산맥? 바람의 정령왕이 거기 있다며?"

정보의 출처는 대지의 정령왕인 가이린이었다. 나는 고개를 끄덕이며 말했다.

"물론 갈 겁니다. 지구에 다녀온 다음이지만요."

"거기 대신전의 비밀 거점이 있을지도 모른다며? 뭣 하면 내가 다녀올까?"

"그것도 좋겠습니다만… 일단 제가 없는 동안은 방어에 전념해 주시기 바랍니다."

나는 쓴웃음을 지으며 고개를 저었다.

"지구에 몇 달씩 있다 올 것도 아니니까요. 그쪽 사람들에게 필요한 정보만 전달하고, 새로 나타난 몬스터 몇 마리만 잡으면 바로 돌아올 겁니다."

"오랜만에 고향에 돌아가는 건데, 좀 더 오래 있는 게 좋지 않겠어?"

"제 고향은……."

이미 전생에 파괴되었습니다.

그렇게 말하고 싶었다.

내 고향은 이미 잿더미가 되었고, 생물이 살 수 없는 세계로 변해 버렸다.

엄밀히 말해서, 지금의 지구는 내 고향이 아니다. 내 육체의 고향이라면 모를까.

"…좋은 곳입니다. 반드시 지켜야죠. 하지만 당장은 지구보다 레비그라스가 더 위험합니다. 무엇보다 이쪽엔 제 동료들이 있으니까요."

"그래그래. 동료 좋지. 여자 친구도 있고 말이야."

엑페는 흐뭇한 표정을 지으며 고개를 끄덕였다. 나는 말이 나온 김에 엑페에게 한 가지를 더 부탁했다.

"엑페, 제가 없는 동안 스텔라를 잘 부탁합니다."

"아유, 닭살이야. 알겠으니 걱정 말고 다녀와. 아예 너 다녀오는 동안 여기 뱅가드에 엉덩이 붙이고 있을 테니까."

"감사합니다."

나는 웃으며 고개를 끄덕였다. 그러자 엑페는 퍼뜩 생각났다는 듯이 말했다.

"아, 그럼 나도 부탁 하나 들어줘."

"어떤 부탁 말입니까?"

"지구 다녀올 때 말이야. 그 자동차라는 거 한 대만 가져다 줄 수 없겠니?"

"네? 자동차요?"

나는 어이없다는 표정을 지으며 5초 정도 그녀를 바라보았다.

"어째서 자동차입니까? 엑페, 당신이 어지간한 자동차보다는 훨씬 빨리 달리실 수 있습니다."

"나도 알아. 그냥 거기 타서 움직이면 재밌을 거 같아서."

하지만 레비그라스에는 자동차가 달릴 만한 도로도 없고, 자동차의 연료로 쓸 석유도 존재하지 않는다.

하지만 그런 이야기를 할 필요는 없었다. 나는 잠시 생각하다 고개를 끄덕이며 말했다.

"알겠습니다. 가능하면 공수해 오도록 하죠. 하지만 장담은 못 합니다."

"왜? 차가 너무 비싸서?"

"가격은 문제가 아닙니다. 저도 아직 상급 전이의 각인을 배우지 않았으니까요. 자동차처럼 커다란 물건을 마음대로 옮길 수 있을지는 모릅니다."

"아, 그런 문제구나. 그냥 되면 해. 너무 부담 가지지 말고."

엑페는 어깨를 으쓱였다. 나는 자동차가 차원의 주머니에 들어갈지를 생각하며 머리를 긁적였다.

"그럼 다른 걸로 현물을 받아야지. 지금 바로 정령왕의 힘을 보여줘."

"네?"

"냉기의 정령왕 말이야. 다른 건 봤는데 그 정령왕의 힘은 못 봤잖니?"

"보여 드리는 거야 어렵지 않습니다만… 그걸로 보답이 되겠습니까?"

"응. 모르고 당하는 것보다 알고 당하는 게 훨씬 피해가 적을 테니까."

"당하다뇨?"

"나중에 싸울 때 말이야. 내가 더 강해져서 네 마법까지 끌어낼 경우에. 미리 알아놓으면 그만큼 쉽게 대처할 수 있겠지?"

그녀는 이미 자신이 훨씬 더 강해졌을 미래를 생각하고 있었다.

'이 여자는 진짜 대단하군. 어쩌면 정말로 다시 격차를 좁

힐지도 모르겠다.'

나는 엑페의 향상심과 자신감에 감탄하며 고개를 끄덕였다.

"알겠습니다. 그럼 지금부터 냉기의 정령왕의 힘을 시전해 보도록 하죠."

• 86장 •
지구로

냉기의 정령왕, 아이시아의 힘은 총 네 개였다.

[무기]
[방호]
[집]
[입김]

"먼저 무기는 말 그대로 무기에 냉기 속성을 두르는 마법입
니다."
나는 쥐고 있는 칼에 아이시아의 무기를 발동시켰다.

빠직!

동시에 칼날에 얼음이 맺히며 하얀 냉기가 솟아올랐다. 엑페는 손바닥으로 부채질을 하며 야유를 보냈다.

"워워, 그게 끝이야? 마법사들이 쓰는 냉기 마법에도 비슷한 게 있던 거 같은데?"

"이렇게 보면 별거 아닌 것 같지만……."

나는 주변에 놓인 바위 조각에 칼날을 살짝 가져가 댔다.

빠직!

그러자 바위도 단숨에 얼어붙으며 맹렬한 기세로 수증기를 뿜기 시작했다. 엑페는 곧바로 달려와 바위를 껴안으며 소리쳤다.

"시원해! 이거 정말 좋은 마법이구나!"

"…물론 피서를 위한 기술은 아닙니다. 방어 마법이나 오러에 효과적으로 피해를 줄 수 있습니다. 효과도 오래가고, 마력도 30밖에 잡아먹지 않아서 유용합니다."

"아주 좋아. 그럼 다음 걸 보여주렴."

엑페의 말투는 마치 재롱을 부리는 손자를 재촉하는 듯했다. 나는 쓴웃음을 지으며 한 발 뒤로 물러났다.

"다음은 '방호'입니다. 마력 50을 소모하면서 순간적으로 기본 스텟의 내구력을 증폭시킵니다."

"정말? 얼마나 증폭시키는데?"

"기본 스텟과 상관없이 추가적으로 300이 더해집니다."

"300? 정말?"

엑페는 눈을 휘둥그레 뜨며 되물었다. 나는 고개를 끄덕이며 말했다.

"이건 설명한 그대로니 시전하진 않겠습니다. 다른 걸 보여드리려면 마력을 아껴야 하거든요."

"그래? 다음 거는 마력이 많이 소모되나 봐?"

"네. 그럼 다음은 '집'입니다."

그리고 나서, 나는 마음속으로 소리쳤다.

'아이아스의 집!'

그러자 사막 한가운데 거대한 얼음덩어리가 나타났다.

콰뜨드드드드드드드드득!

그것은 이글루였다.

차이가 있다면 입구가 없으며, 덩치가 수십 배쯤 크다는 정도.

"완전 시원해!"

엑페는 사방을 감싼 거대한 얼음덩어리를 보며 소리쳤다.

"이거 대단한데? 지금 우리 얼음으로 만든 집 속에 들어와 있는 거야?"

"네. 폭은 약 40미터, 높이는 20미터인 반구형의 얼음집을 만듭니다. 평범한 얼음처럼 보이지만 내구력이 강해서 잘 부서지지 않습니다. 시험 삼아 스텔라에게 공격하라고 시켰는데 실금도 안 가더군요."

"그래?"

엑페는 즉시 벽으로 달려가 주먹을 내려쳤다.

콰쾅!

순간 벽에 금이 가며 얼음 조각이 휘날렸다. 엑페는 믿을 수 없다는 표정으로 소리쳤다.

"말도 안 돼! 안 부서지다니! 아무리 오러를 발동시키지 않았어도 난 소드 마스터라고!"

"정말 작정하고 공격하지 않으면 파괴되지 않습니다. 대신 마력이 엄청 소모되죠."

"얼마나?"

나는 손가락 3개를 들어 보였다. 엑페는 눈을 깜빡이며 소리쳤다.

"30?"

"300입니다. 이걸 쓰려면 제가 가진 마력의 거의 대부분을 소모합니다."

"굉장한데… 단숨에 강력한 요새를 짓는 거잖아?"

엑페는 감탄하면서도 눈살을 찌푸렸다.

"근데 이거, 일대일로 싸울 때는 효과 없지?"

"네. 없습니다. 물론 적이 도망치지 못하도록 가둬놓는 용도로 쓸 수는 있겠군요."

나는 한쪽 어깨를 으쓱였다. 엑페는 가볍게 심호흡을 한 다음 칼을 뽑아 들고 얼음벽을 공격했다.

"합!"

콰직!

그러자 벽에 균열이 생기며 강한 빛이 새어 들어왔다. 엑페는 세 번의 공격을 더해 기어이 벽에 문을 뚫어놓았다.

"아무튼 좋네. 특히 이런 사막 한가운데서 쓰기 딱 좋은 마법이야. 그럼 마지막은?"

"마지막은 '입김'입니다. 다른 정령왕은 모두 세 가지 마법을 쓸 수 있는데, 냉기의 정령왕은 하나가 더 많군요."

나는 반대편 벽을 향해 손을 뻗으며 말했다.

"이건 남은 마력을 전부 소모하면서 냉기를 뿜어내는 마법입니다. 다만 지금 저는 남은 마력이 100도 안 되서 위력은 약할 겁니다."

"아, 그럼 됐어. 대충 어떤 건지 알았으니까."

엑페는 고개를 저으며 내 쪽으로 다가왔다.

"그럼 주의할 건 '무기'와 '방호'네. 방출형 마법은 피하면 그만이니까."

'하지만 피할 수 없는 상황도 있습니다.'

나는 굳이 말하지 않고 고개를 끄덕였다.

예를 들면 바로 지금 지금처럼 '아이시아의 집'으로 퇴로를 차단한 다음 사용하면 된다.

문제는 내가 가진 마력의 한계다.

아이시아의 집을 사용하면, 남은 마력으로는 파괴적인 위력의 '입김'을 뿜어낼 수 없었다.

'싸우다 말고 마력 회복 포션을 마구 들이켤 수도 없는 노릇이니… 당장은 그런 조합을 쓸 수는 없다. 기회가 되면 마력 스텟을 더 높이는 것도 고려해 봐야겠군.'

물론 그것도 지구를 다녀온 다음이 될 것이다.

나는 엑페가 뚫어놓은 구멍으로 빠져나오며 사막의 뜨거운 태양을 다시 실감했다.

앞으로 사흘 후면, 나는 다시 지구로 돌아간다.

과연 지구인들은 내게 어떤 반응을 보여줄까?

*   *   *

"최대한 호의적인 반응을 이끌어야겠죠. 그렇다면 역시 복장부터 맞춰야 합니다."

박 소위는 미리 준비한 정장을 내밀며 말했다.

"시중에 판매하는 기성품이 아닙니다. 제가 디자이너에게 따로 부탁해서 준장님 전용 슈트를 준비했습니다."

정장은 허리선이 날렵한 원 버튼이었다. 나는 옷을 받아 침대 위에 내려놓으며 웃었다.

"준비가 철저하군. 내 옷 사이즈는 대체 어떻게 알고 맞춘 거지?"

그러자 박 소위의 옆에 있던 마리아가 자신 있게 말했다.

"그건 제가 눈대중으로 맞췄습니다. 제가 눈썰미 하나는 기가 막히거든요. 아무튼 정말 부럽네요. 지구에 갈 수 있다니… 아, 물론 지구인이니 지구에 돌아가는 건 당연한 일이겠지만요. 그런데 그러고 보니……."

마리아는 호텔방에 함께 있는 스텔라와 규호를 번갈아 보며 물었다.

"다른 두 분은 같이 안 가시나요?"

"저는 남아 있기로 했습니다."

스텔라는 고개를 저으며 대답했다.

"당장 가봐야 도움이 안 될 테니까요."

"그래도 아리따운 여성분이 돌아가야 그쪽 매스컴이 좋아할 텐데… 그럼 규호 님은요?"

"난 지구인이 아니잖아?"

규호는 손으로 긴 주둥이를 괴고는 불만스럽게 말했다.

"지구인이 아니면 다른 차원에서 생존할 수 없다며? 그러니까 텄어. 망할, 평생 여기서 아이스크림이나 먹으면서 살아야지."

"하지만 규호 님은 인간이 아니니 상관없지 않나요? 차원경을 보니 몬스터는 자유롭게 이동하는 것 같은데… 아, 물론 규호 님이 몬스터란 이야기는 아니지만요."

그것은 색다른 관점이었다.

규호는 새파란 눈을 한동안 껌뻑이다 헉 소리를 냈다.

"그러게? 왜 그 생각을 못 했지?"

"하지만 실제로 테스트를 해본 건 아니다. 가능성만 믿고 돌아가는 건 너무 위험해."

박 소위가 심각한 표정으로 제지했다. 규호는 눈살을 찌푸리며 긴 손톱으로 등을 긁기 시작했다.

"나 참, 그럼 뭐 어떻게 하라고? 어차피 목숨을 걸지 않으면 절대로 확인하지 못할 거 아냐?"

"방법은 있어. 예를 들면… 다른 워울프를 먼저 지구로 보내는 거지."

"지금 내 일족을 실험용으로 써보라는 거야?"

순간 규호가 이빨을 드러내며 위협했다. 박 소위는 깜짝 놀라며 양손을 저었다.

"아니, 그런 의미가 아니라……."

"아니긴 뭐가 아냐! 아무리 진성이 형이라도 할 말이 있고 안 할 말이 있어! 앞으로 말조심해!"

규호의 기세가 얼마나 사나웠던지, 경호를 맡은 마리아가 허리에 찬 칼에 손을 댈 정도였다.

나는 손뼉을 치며 분위기를 전환했다.

"자, 일단 모두 진정해. 규호야, 너도 이런 자리에서 막 이빨 드러내지 마라. 그리고 방금은 박 소위도 과했다."

"흥, 누군 드러내고 싶어서 드러냈나?"

규호는 툴툴거리며 팔짱을 꼈다. 박 소위는 즉시 고개를 숙이며 사과했다.

"미안하다. 내가 네 입장을 생각하지 않고 막말을 했어. 넌 워울프인데… 내 눈에는 예전의 그 어린 규호로만 보인 모양이다."

"뭐, 그럼 됐고."

규호는 한결 누그러지며 고개를 돌렸다.

아무래도 박 소위의 표현이 마음에 든 모양이다. 나는 한숨 돌리며 방 안에 있는 모두를 둘러보았다.

"일단 지구는 저 혼자 갑니다. 기술적으로도 그렇고, 오래 체류할 생각도 아니니까요."

"기술적?"

"그건 나중에 설명하지. 어쨌든 지구의 지도자들에게 상황을 전달하고, 본보기로 오비탈 차원의 몬스터를 퇴치하면 바로 돌아올 생각입니다. 다만 제가 떠나기 전에 여러분 모두를 이곳으로 모이라고 한 이유는……."

나는 품속에서 차원의 주머니를 꺼내 보였다.

"이것 때문입니다."

"차원의 주머니 말이군."

말없이 지켜보고 있던 빅터가 눈을 반짝였다. 나는 주머니에 손을 넣어 지식의 팔찌를 꺼내며 말했다.

"정확히는 성물입니다. 이건 지식의 팔찌로, 지식의 신인 파비라의 성물입니다."

"와……."

순간 마리아가 양손으로 입을 막으며 감탄했다.

그녀에게 있어 이것은 자신들의 세계에 존재하는 신 그 자체나 마찬가지였다.

나는 팔찌를 다시 집어넣으며 말했다.

"그리고 이 안에는 두 개의 성물이 더 들어 있습니다. 제가 이걸 가지고 지구로 돌아가면, 지구에는 잠시라도 총 세 개의 성물이 존재하게 됩니다."

"그게 뭐 어때서?"

규호가 물었다. 나는 잠시 생각하다 주머니를 품속에 집어넣었다.

"규호야, 이걸 지구로 가져가면 너 같은 인간이 대량으로 태어날지도 몰라."

"응? 뭐? 워울프 말이야?"

"아니, 전생의 너. 각성자 말이지."

"엥? 어째서?"

"이 모든 일의 원인은 지구에 '신'이 존재하지 않기 때문이니까. 그러니 내가 레비그라스의 신을 가지고 지구로 가면… 지구도 본격적으로 각성자들이 태어날 수도 있다."

그러자 스텔라가 끼어들었다.

"좀 더 풀어서 말하면, 어쩌면 지구의 마나 농도가 점점 올라갈지도 몰라. 지구에 각성자들이 본격적으로 태어나기 시작한 건 회귀의 반지가 지구로 건너간 이후였거든."

"엑? 정말?"

"그래. 물론 그땐 이미 늦었지만."

이미 2, 3단계 소드 익스퍼트들이 날뛰는 상황에서 겨우 1단계 오러 유저로 각성한 순수 지구인들이 등장하는 건 무의미한 일이었다.

대표적인 것이 바로 규호였다.

규호는 평범한 지구인과는 비교할 수 없을 정도의 힘을 가지고 있었지만, 그렇다고 전황을 바꾸기엔 턱없이 부족했다.

"하지만 지구에 놓고 올 건 아니니 상관없지 않을까? 일주일 안에 돌아온다며?"

스텔라가 물었다. 나는 고개를 저으며 말했다.

"만약 이야기가 잘 풀리면, 나는 성물 중 하나를 지구에 놓고 오려고 해."

"지구인 각성자들을 많이 태어나게 하려고?"

"그것도 있지. 하지만 만약 그로 인해서 지구인들이 다른 차원에 저항력이 생긴다면… 그때는 보이디아 차원의 공격이 멈출지도 몰라."

물론 지금 시점에선 시작조차 안 한 공격이다. 그러자 빅터가 헛기침을 하며 내 쪽으로 다가왔다.

"잠깐, 방금 말한 저항력이라는 건 결국 다른 차원에 가면 죽는다는 거 아닌가?"

"그렇습니다. 신이 있는 세계에서 태어난 인간은 다른 신이 존재하는 차원에서 생존할 수 없다, 이게 정설이니까요."

"그럼 우리는?"

나는 고개를 저으며 답했다.

"이미 태어난 사람은 상관없습니다. 안 그랬다면 레빈슨이 애초에 지구인을 소환하는 작전을 구상하지 않았겠죠. 만약 적용된다면 분명 지금부터 태어날 아이들부터일 겁니다."

"그런가……."

빅터는 잠시 생각하다 어깨를 으쓱였다.

"그렇다면 근본적인 해결책은 아니겠군. 최소한 100년은 지나야 모든 인류가 저항력을 가지게 될 테니까."

"네. 하지만 말씀하신 대로 100년 후를 내다본 겁니다. 오히려 이쪽이 유일하게 근본적인 해결 방법이라고 할 수 있겠죠. 100년쯤 지나면 더 이상 다른 차원의 목표가 되지 않을 테니까요."

"그건 확실히……."

빅터는 납득이 간 듯 고개를 끄덕였다. 나는 잠시 뜸을 들이다 물었다.

"그런데 빅터, 당신을 비롯해 다른 동료들의 생각은 어떻습니까?"

"우리? 우리가 뭐?"

"이제 마음만 먹으면 지구로 돌아갈 수 있습니다. 약간 시간은 걸리겠지만요. 어떻게 하실 겁니까?"

"아, 그건 얼마 전에 합의를 봤지."

빅터는 손가락으로 바닥을 가리켰다.

"우린 당분간 이쪽에 남을 거야. 할 일이 많다고. 지금도 해방된 지구인들을 케어하면서 개인 훈련에 매진하고 있지."

"훈련요?"

"결국 목표는 적들로부터 지구를 지키는 거니까."

빅터는 호텔 벽에 걸린 차원경을 노려보며 말했다.

"당장 우리 정도의 힘으로는 지구에 나타난 몬스터들을 상대로 싸울 수 없어. 그래서 더 강해져야 한다. 아, 물론 빅맨은 가능성이 있겠지만."

"…그렇군요. 그럼 다른 지구인들의 반응은 어떻습니까? 만약 방법이 있다고 하면 모두 당장에라도 지구로 돌아가려고 할까요?"

"그건 크로니클에서 미리 확인했습니다."

그러자 마리아가 대신 답했다.

"새롭게 해방된 지구인 분들을 상대로, 현재 레비그라스와 지구가 처한 상황을 객관적으로 전달한 다음 설문 조사를 했습니다."

"결과는요?"

"처음에는 95%가 당장에라도 지구로 돌아가고 싶다고 했습니다. 그런데 차원경에서 지구가 공격당하는 영상이 나온 이후로는 43%로 줄어들었습니다. 그리고 생각을 바꾼 분들의 의견은 대부분 빅터 님이 말씀하신 것과 동일했습니다."

"지구로 돌아가기 전에 더욱 강해져야 하니까?"

"네. 훈련을 통해 힘을 다루는 능력을 더 강화시키고 싶다고 하더군요. 물론 지구가 더 위험해졌으니 당분간은 상황을 지켜보는 게 좋겠다는 생각도 있겠지만요."

마리아는 씁쓸한 표정으로 미소를 지었다.

그것은 당연한 일이었다.

생각을 바꾼 지구인을 겁쟁이라고 매도할 수는 없다.

그들은 강제로 납치되어 죽을 위기를 몇 번이나 넘기며, 몇 년 동안 자신의 육체조차 컨트롤하지 못한 채 끔찍한 시간을 보낸 것이다.

나는 고개를 저으며 말했다.

"어쩔 수 없습니다. 강한 힘을 가진 것과 전장에서 싸울 용기를 내는 것은 전혀 다른 문제니까요. 일단 알겠습니다. 당분간 지구와 교류하는 것은 제가 전담으로 해야겠군요."

"그렇게 해주십시오. 그런데 준장님, 실제로 전이의 각인을 통해 사람을 얼마나 보낼 수 있습니까?"

박 소위가 물었다. 나는 며칠 전에 있던 일을 떠올리며 손가락 하나를 펼쳐 보였다.

*　　　　*　　　　*

한 번에 한 명이다.

                    *   *   *

며칠 전.

지구의 이변을 알고 뱅가드로 돌아온 직후에, 나는 호텔방
에서 퀘스트의 성공 보상을 진행했다.

[퀘스트 성공. 보상을 고르시오.]

[보상은 아래 세 가지 중에 하나를 고를 수 있다.]

[1. 기본 능력의 상승]

[2. 특수 능력의 상승]

[3. 각인 능력의 등급 상승]

3번을 선택하자 새로운 선택문이 나타났다.

[현재 등급을 높일 수 있는 각인 능력은 하나다.]

[1. 전이(중급)]

선택할 건 하나뿐이었지만, 그것을 선택하는 데까지는 상당
한 시간이 필요했다.

이걸 선택함으로써 포기해야 할 기회비용이 너무 크다.

이번에 해결한 퀘스트의 등급은 최상급이다.

이걸로 스탯을 높인다면 한번에 50은 높일 수 있을 것이다.

'50이면 뭘 높이든 레벨이 2가 오른다. 정말 아깝군……'

나는 마음을 가다듬으며 심호흡을 했다.

그리고 결국 전이의 각인을 선택했다.

[전이(중급)를 전이(상급)로 등급을 높입니다. 전이의 각인 능력은 '최상급' 등급까지 존재합니다.]

그렇게 최상급 퀘스트의 보상은 끝이 났다.

나는 곧바로 스탯창을 열고 새롭게 얻은 각인의 능력을 확인했다.

[전이(상급) ─ 전이의 각인의 상급 상태. 대상을 특정 공간으로 이동시키는 광선을 쏠 수 있다. 특정 공간은 사용자가 접촉한 공간이면 어디든 가능]

설명은 거기까지였다.

이것만으로는 특정 공간이 정확히 무엇인지, 한 번 사용하는 데 마력이 얼마나 드는지 전혀 알 수 없다.

결국 직접 써보는 수밖에 도리가 없다.

'상급 전이의 각인!'

나는 즉석에서 각인 능력을 발동시켰다.

동시에 눈앞에 새로운 문장이 떠올랐다.

[이동할 목표를 떠올려 주십시오]

'떠올리라고? 그럼 일단 지구의……'

하지만 떠올릴 수가 없었다.

내가 떠올릴 수 있는 지구는 폐허가 된 2041년의 지구뿐이다.

덕분에 레너드의 육체에 남아 있는 기억을 필사적으로 헤집으며 한참 동안 고민해야 했다.

'그래… 그럼 여기, 한국의… 수원.'

그러자 곧바로 새로운 문장이 나타났다.

[목표는 지구로 설정됐습니다. 현재 위치한 레비그라스와 다른 차원이므로, 대상이 지구와 접촉한 자가 아니면 전이가 불가능합니다.]

"뭐? 그게 대체 무슨……."

하지만 내 육체는 이미 전이의 각인을 발동시킨 상태였다.

나는 오른팔에 각인의 감각을 느끼며 정면에 있는 꽃병을 향해 광선을 발사할 수밖에 없었다.

섬광은 소리 없이 꽃병을 강타했다.

하지만 달라진 건 아무것도 없었다. 꽃병은 아무렇지도 않게 그곳에 놓여 있을 뿐이다.

나는 곧바로 스스로를 스캐닝했다.

'마력이 200이 사라졌다. 소모량이 만만치 않군. 그런데 다른 차원이면 맘대로 보낼 수 없다고? 레빈슨은 지구인을 맘대로 레비그라스에 소환했으면서?'

아무래도 그런 능력은 '최상급'이 되어야 가능해지는 모양이다.

나는 마음을 가다듬으며 다시 한 번 전이의 각인을 발동시켰다.

[상급 전이의 각인은 현지 시간으로 (7)일에 한 번씩 사용이 가능합니다. 이 수치는 사용자의 숙련도에 따라 성장하며, 사용자의 성장에 따라 목표 지점의 정확도도 올라갑니다]

그걸로 끝이었다.

더 이상 전이의 각인을 사용할 수 없었다. 나는 얼빠진 기분을 느끼며 오른 손바닥을 노려보았다.

＊　　　＊　　　＊

그렇게 전이의 각인을 꽃병에 날려 버린 후로 7일이 지났다.

　그사이 나는 모든 준비를 끝냈다.

　엑페에게 뒷일을 부탁했고, 동료들과 마지막으로 회의도 끝냈으며, 박 소위에게 부탁해서 지구의 지도자들에게 줄 '선물'까지 두둑하게 챙겨놨다.

　지금 내가 서 있는 곳은 뱅가드의 74번 구역에 있는 학교 강당이다. 나는 뒤쪽에 서 있는 스텔라를 돌아보며 말했다.

　"스텔라, 그럼 다녀올게."

　"조심해, 주한."

　스텔라는 내 볼에 키스로 답하며 미소를 지었다. 나는 약간 머쓱한 얼굴로 옆에 서 있는 엑페를 보았다.

　"그럼 부탁합니다, 엑페."

　"걱정 말고 다녀오렴. 레비그라스와 스텔라는 내가 지켜줄 테니까."

　엑페는 손을 흔들었다. 나는 고개를 끄덕이며 두 여자로부터 몇 발 떨어졌다.

　그리고 전이의 각인을 발동시킨 다음, 마음속으로 목표를 설정했다.

　'지구의… 대한민국에 있는… 수원……'

　그러자 눈앞에 어떤 도시의 정경이 희미하게 들어왔다.

'저기가 수원인가?'

실제로는 가본 적 없는 도시다. 나는 오른 손바닥을 내 쪽으로 향하며 광선을 쏘아냈다.

내가.

내 스스로에게.

하지만 느껴지는 건 아무것도 없었다.

"……?"

내가 느낄 수 있던 유일한 감각은 그저 약간 눈이 부신다는 것뿐.

변화는 약 1초 후에 찾아왔다.

광선이 내 몸 전체를 감싼 순간, 갑자기 사방이 캄캄해졌다.

'아, 이건…….'

이것은 오래전, 뱅가드의 빌딩에서 뛰어내렸을 때 경험했던 상황이다.

당시에 나는 세 명의 신관이 증폭시킨 광선을 맞고 불의 동굴로 강제 전이 되었다.

'그렇다면 다른 사람의 힘을 이용할 수도 있는 건가? 그때는 레빈슨이 아예 차원의 문을 열고 내 쪽으로 광선을 쐈던 거 같은데… 세 명의 신관은 단지 목표를 겨냥하기 위한 반사판일 뿐이었나?'

하지만 오래 생각할 시간은 없었다. 나는 순간적으로 의식이 아득해지는 걸 느끼며 고개를 떨어뜨렸다.

온몸에 힘이 풀린다.

소드 마스터인 주제에 손가락 하나 까닥할 수 없다.

'대단하군. 이건 반대로 강력한 공격 수단으로 사용할 수 있을지도 모른다. 광선이 너무 느려서 맞추는 게 문제지만… 일단 맞추면 몇 초 정도는 완전히 무력화시킬 수 있을 테니……'

생각은 거기까지였다.

나는 세상의 모든 것이 캄캄해지는 것을 느끼며 순식간에 의식을 잃어버렸다.

*　　　*　　　*

정신을 차렸을 때, 나는 포위되어 있었다.

"꼼짝 마! 움직이지 마!"

"소령님, 그냥 쏴버리죠! 이것들 내버려 두면 장난 아닙니다!"

"TV에서 봤잖습니까! 순식간에 다 죽습니다!"

"명령이다! 바로 공격하면 안 돼!"

"이놈이 움직이면 우린 모두 죽습니다!"

"멈춰! 명령이다! 먼저 공격하면 안 돼!"

온 사방이 난리였다.

방탄복과 소총으로 완전무장한 200여 명의 병사가 나를 중심으로 50미터쯤 떨어진 곳에서 물 샐 틈 없는 포위망을 만들고 있었다.

나는 강렬한 두통을 느끼며 눈살을 찌푸렸다.

'대체 뭐지? 왜 이렇게 적대적이야? 그리고 왜 이렇게 머리는 아픈 거지?'

그 순간, 일부 병사들이 비명을 지르며 사격을 시작했다.

"저 표정 봐! 우릴 다 죽일 거야!"

"죽여! 먼저 죽여!"

"공격해! 공격! 공격!"

동시에 집중 사격이 시작됐다.

투두두두두두두두두!

타다다다다다다당!

콰과과과과과과광!

몇 명의 병사는 일반 소총이 아닌, 분대 지원화기를 바닥에 설치하고 맹렬한 공격을 퍼부었다.

하지만 아무렇지도 않았다.

아프지도 않고, 가렵지도 않다.

심지어 오러를 발동시키지도 않았는데도 이 모양이다. 나는 날아오는 총알을 그대로 맞아주며 소리쳤다.

"여러분! 공격을 멈추십시오! 저는 적이 아닙니다! 여러분을 해칠 생각은 전혀 없습니다!"

문제는 내가 아니라 병사들이었다.

하필 전 방위에서 포위를 한 탓에, 목표를 빗나간 총알이 반대편에 있는 병사를 향해 날아간다.

"사격 중지! 사격 중지!"

"멈춰! 반대편에 있는 아군이 위험하다!"

"멈춰! 적은 교전의 의사가 없다!"

뒤늦게 지휘관들이 발작하듯 소리치며 공격을 멈췄다. 나는 당장 피를 흘리며 쓰러진 병사를 발견하고는 단숨에 거리를 좁히며 소리쳤다.

"공격하지 마!"

철컥!

동시에 사방에서 총구가 내 머리에 드리웠다.

"뭐, 뭐야!"

"엄청 빨라!"

"방금 뭐지? 무슨 번개같이 날아왔어!"

병사들의 표정은 공포로 경직되어 있었다.

그사이, 나는 쓰러진 채 신음하는 병사의 부상을 확인했다.

'총알이 복부를 관통했군.'

일단 차원의 주머니에서 회복 포션을 꺼내, 부상자의 상처에 부으며 소리쳤다.

"공격하지 마! 난 부상자를 치료하려고 왔을 뿐이다!"

"잠깐! 대체 뭘 붓고 있는 거야!"

"힉슨을 놔둬! 젠장!"

"독이다! 독을 먹이는 거야!"

일부 병사들이 히스테리적인 반응을 보이며 내게 달려들었다.

물론 그들의 힘으로는 내 행동을 손톱만큼도 저지할 수 없다. 나는 기어이 쓰러진 병사에게 남은 포션을 전부 먹인 다음, 들러붙은 병사들을 떼어내며 한 발 뒤로 물렀다.

"쿨럭……"

그러자 부상병이 기침을 하며 몸을 일으켰다.

나는 당황과 공포로 몸이 굳은 병사들을 향해 소리쳤다.

"멍청한 놈들! 어리바리 까는 건 여기까지다! 정신 바짝 차려! 내가 마음만 먹었으면 너희 전부 10초 안에 몰살시킬 수 있다! 이런 머저리들! 어떤 미친놈이 이딴 식으로 포위망을 만드는 거냐! 당장 지휘관 불러와! 여기 사령관이 대체 누구야!"

*   *   *

"내가 기지 사령관인 아놀드 레이머다."

약 한 시간 후, 눈앞에 나타난 것은 대령 계급장을 달고 있는 미군의 장교였다.

그사이 나는 맵온을 통해 내가 떨어진 곳의 위치를 확인하고는 망연자실했다.

여긴 한국의 수원이 아니다.

심지어 한국조차도 아니었다.

오키나와.

당초 목표였던 수원과 천 킬로미터 이상 떨어진 서태평양의 섬이다.

'전이의 각인은 사용자의 숙련도에 따라 능력이 달라진다더니… 초보자는 목표조차 제대로 맞출 수 없는 건가?'

나는 한숨을 내쉬며 대령에게 말했다.

"레너드라고 합니다. 만나서 반갑습니다, 대령님. 이런 식으로 화끈한 환영식을 받을 거라고는 예상하지 못했지만 말입니다."

"솔직히… 뭐라고 말을 해야 할지 모르겠군."

레이머 대령은 난감한 얼굴로 머뭇거렸다.

"일단 지금까지는 적이 아닌 것 같은데… 레너드? 자네는 적이 아닌가? 확실히 확인해 두고 싶네."

"적이 아닙니다."

나는 고개를 끄덕였다.

"애당초 어째서 제가 적이라고 생각하신 겁니까? 대체 무슨 일이 일어난 겁니까? 세계가 기계화된 몬스터의 습격을 받은 것까지는 알고 있습니다만……."

"자네는 레비그라스라는 차원에서 온 다른 차원의 인간이 아닌가?"

순간 숨을 삼키며 대령을 노려보았다.

'어떻게 이자가 레비그라스라는 단어를 알고 있지?'

"후… 맞나 보군."

대령은 한숨을 내쉬며 고개를 저었다.

"하지만 적은 아니라 이건가? 나도 모르겠군. 그쪽 세계는 두 패로 갈라져 있나? 확실히 자네는 뭔가 달라 보여. 다짜고짜 공격하지 않는 것만 봐도 전혀 다르고."

"아니, 잠시만 기다려 주십시오."

나는 여전히 포위하듯 사방에 배치된 미군 병사들을 둘러보며 물었다.

"대체 어떻게 레비그라스라는 단어를 알고 계십니까?"

"그야 그쪽에서 말했으니까."

"네?"

"정말 모르는 건가? 일단 상부에 보고는 해뒀지만… 만약 공격하지 않는다면 기지로 안내하겠네. 자세한 이야기는 그쪽에서 하지. 그러니 부탁컨대……."

대령은 마른침을 삼키며 내 허리를 가리켰다.

"무기를 건네주겠나?"

"네?"

"칼 말이네."

"이건……."

나는 곧바로 칼을 칼집째 뽑아 넘겨주며 말했다.

"이건 그냥 칼일 뿐입니다, 대령님."

"그래. 나도 알아. 탱크를 쪼개 버리는 칼이지."

"…칼의 힘으로 탱크를 쪼개는 게 아닙니다. 아무튼 이걸로 안심이 된다면 그렇게 하십시오."

대령은 건네받은 칼을 옆에 있던 부관에게 건네며 한숨을 내쉬었다.

"뭐든지 간에, 이걸 우호의 뜻으로 생각해도 되겠나?"

"처음부터 적대할 생각은 전혀 없었습니다."

나는 고개를 저으며 대령을 따라 걸음을 옮겼다.

"그리고 전 레비그라스인이 아닙니다. 지구인이죠."

그사이, 50여 명의 병사가 총구를 겨눈 채 포위하듯 내 주위를 감싸며 함께 이동했다.

대체 뭐가 잘못된 걸까?

나는 전혀 감을 잡지 못한 채 대령을 따라 움직였다.

*   *   *

내가 도착한 곳은 오키나와 미군 기지에 있는 기지 사령부의 브리핑실이었다.

─나는 레비그라스에서 온 슈지다! 지금부터 빛의 신의 뜻에 따라 지구의 인류를 절멸시키겠다!

모니터에는 이제 막 지구로 돌아온 동양인 귀환자가 대로변을 향해 쩌렁쩌렁한 목소리로 소리를 치는 영상이 출력되고 있었다.

'멘트가 좀 변했군.'

나는 고개를 저으며 영상을 노려보았다.

"나는 지구의 XXX에서 태어난 XXX다! 지금부터 신의 뜻에 따라 지구를 멸망시키겠다!"

이것이 과거의 내가 경험했던 레비그라스 차원의 귀환자들이 내뱉던 동일한 대사였다.

영상에 나오는 귀환자는 녹색 오러를 발동시키며 미국의 어딘가로 보이는 도시를 마구잡이로 파괴하기 시작했다.

'슈지. 2033년에 지구로 돌아온 귀환자. 당시엔 3단계 소드 익스퍼트였다. 그런데 지금은 1단계 소드 익스퍼트다. 어째서 레빈슨은 완성되지 않은 지구인을 귀환시킨 거지?'

물론 1단계 소드 익스퍼트도 지구인의 눈으로 보면 말도 안 될 정도로 강력하다.

다만 레빈슨이 보유한 지구인은 스무 명뿐이다. 그것을 감안하면 이것은 꽤나 경솔한 짓이라 할 수 있었다.

'당연히 내가 지구로 돌아가리란 것을 예상했을 텐데 왜 저런 짓을 한 거지? 혹시 어떻게든 날 지구로 보내려는 것 자체가 목적인가?'

"이 영상은 20일 전에 찍힌 거다."

레이머 대령이 나지막한 목소리로 말했다. 나는 정신이 번쩍 드는 것을 느끼며 되물었다.

"방금 20일 전이라고 하셨습니까?"

"그래. 뭔가 문제라도 있나? 그보다는 이쪽이 물어보고 싶은 게 산더미 같은데……."

"아니… 잠시만요."

나는 눈을 질끈 감으며 생각했다.

'20일 전이면 대략 오비탈 차원의 몬스터가 처음 지구에 나타났던 때와 일치한다. 하지만 차원경이 확인한 건 몬스터뿐이었다. 귀환자가 돌아왔다는 이야기는 못 들었는데?'

물론 차원경이라고 해서 지구의 전 지역을 구석구석 비출 수 있는 것은 아니다.

나는 영상에 나오는 귀환자가 지구식의 정장을 입고 있는 것을 확인하며 한숨을 내쉬었다.

'레비의 대신전이 마력 회복 물약만 빼돌린 게 아니었다. 자유 진영에 풀린 지구식 옷도 구입해 갔나 보군.'

크로니클의 의류 사업부는 이미 자유 진영 전체에 다양한 지구의 의복을 판매 중이었다.

그 탓에 박 소위가 특별히 만들어준 멋들어진 슈트가 헛수고가 되어버렸다. 나는 반쯤 너덜거리는 소매 단을 뜯어버리며 고개를 저었다.

"치밀하군요. 제가 돌아올 걸 예상해서 이런 것까지 준비하다니……."

"그게 무슨 소린가?"

"저들은 제가 돌아왔을 때, 저를 지구의 적으로 보이기 위해 만반의 준비를 갖췄다는 말입니다."

나는 한쪽 어깨를 으쓱였다.

"이야기를 하자면 깁니다. 하지만 오해를 풀기 위해서는 일단 전부 설명하는 수밖에 없겠군요."

"부디 그렇게 해주게. 그리고 가능하면… 저 괴물 같은 이계인과 몬스터를 퇴치할 방법도 알려주면 좋겠군."

"아직도 퇴치하지 못했습니까?"

"지금 육지는 완전히 난리가 났네. 전 세계가 전쟁에 돌입했지."

"네? 하지만……."

내가 봤던 차원경의 영상으로는 아직 그 정도까지 심각한 상황이 아니었다.

'차원경으로 봤을 때는 충분히 대처해서 방어하고 있었다. 물론 귀환자는 예외겠지만…….'

이상하다.

무언가 잘못됐다. 나는 내가 중대한 사실을 놓치고 있다는 것을 직감했다.

마침 모니터에는 귀환자가 정면에 나타난 군 병력을 단숨에 초토화시키고 있었다. 나는 입술을 깨물며 영상을 지켜보다 말했다.

"대령님, 제가 정신을 차렸을 때 병사들이 절 포위하고 있었습니다."

"그래. 포위하고 있었지. 당연히 저런 놈들과 같은 존재라고 생각했네. 근처의 CCTV에 시커먼 공간이 열리는 게 확인됐거든. 곧바로 상부에 보고한 다음 지시를 받아 기다리고 있었네."

"처음 발견됐을 때 기절하고 있었겠죠. 제가 얼마 만에 깨어난 겁니까?"

"그게… 한 시간 정도일까?"

그렇다면 시간이 맞지 않는다.

'적어도 열흘 이상 기절해 있었다면 모를까, 도저히 이해가 안 되는군. 내가 차원경으로 보던 지구와 지금의 지구는 뭔가 다르다.'

그때 영상이 바뀌며 거대한 다리를 파괴하는 몬스터가 나타났다.

'이건 처음 보는 몬스터인데?'

나는 잠시 생각하다 대령에게 물었다.

"대령님, 얼마 전부터 지구에 몬스터가 나타나지 않았습니까?"

"그래, 나타났지."

대령은 긴 한숨으로 답했다.

"당장 저기 나오고 있지 않나? 정신 나간 기계 몬스터… 그 탓에 온 세상에 비상이 걸렸지. 물론 다른 차원의 인간 두 명도 더해서."

"사실 그 두 명도 지구인입니다."

"뭐?"

"그 이야기는 나중에 하는 게 좋겠군요. 그보다도 몬스터가 처음 지구에 나타난 게 며칠 전입니까?"

"며칠 전이 아니야. 넉 달 전이지."

"네?"

나는 눈을 부릅떴다.

대령은 순간 흠칫하며 몸을 뒤로 뺐다.

"왜, 왜 그러나? 정말이네. 처음 몬스터가 나타난 게 4월 24일이니까… 약 110일 전이군."

그럴 리가 없다.

레비그라스에서 차원경으로 지구의 이변을 알아낸 것이 지금으로부터 약 20일 전이다.

그렇다면 90일이 빈다.

"하, 하하하……"

나는 캄캄해진 대형 모니터를 바라보며 헛웃음을 지었다.

한 대 세게 얻어맞은 기분이 들었다.

'내가 속았군.'

물론 누군가 의도적으로 날 속인 것은 아니다.

단지 차원경이 비춰주는 지구의 영상이 실시간이 아니라 석 달 전의 과거였던 것뿐.

차원경은 처음부터 그런 물건이었다. 문제는 그 사실을 확인할 수 있는 인간이 아무도 없었다는 것.

'아니, 적어도 한 명은 미리 알았을지도 모른다.'

나는 레빈슨을 떠올리며 주먹을 움켜쥐었다.

＊ ＊ ＊

레비그라스인들이 3개월 전의 지구를 보고 있던 동안, 현실의 지구는 말 그대로 대란을 치르는 중이었다.

몬스터들은 닷새 간격으로 끊임없이 소환됐고, 소환되는 몬스터의 힘도 점점 더 강력해졌다.

처음에는 각국이 보유한 군사력으로 충분히 대처가 가능했다.

하지만 두 달이 지나자 버거워하는 나라가 나오기 시작했고, 석 달이 지난 지금은 몇몇 강대국을 제외한 대부분의 나라가 치열한 전투를 치르는 중이었다.

문제는 두 명의 귀환자가 돌아온 미국과 중국이었다.

─현재 미국은 소환되는 몬스터들은 충분히 대처하고 있다.

영상통화를 하는 남자는 미군 태평양 사령부의 사령관인

존 샌더스 대장이었다.

'이땐 아직 젊군.'

나는 샌더스 대장의 얼굴을 기억하고 있다.

원래 역사대로였다면, 그는 8년쯤 후에 인류 저항군의 태평양 방면군 총사령관으로 취임한다.

─문제는 슈지다. 그는 화기에 대한 완벽한 면역을 가지고 있다. 속도도 너무 빨라서 자유자재로 공격하고 몸을 숨기며 미군을 농락하고 있다.

이것도 전생과는 다르다.

전생의 귀환자들은, 보통 자기소개를 마친 다음 죽을 때까지 주변에 있는 인간들을 학살하고, 또 학살했다.

─레너드라고 했나? 일단 그대에 대한 정보는 보고를 받았다. 상황이 이런지라 모든 것을 신뢰할 수는 없지만… 우리 태평양 사령부는 독자적인 판단에 의해 그대의 정보를 우선적으로 검토하기로 결정했다.

샌더스는 판단이 느리고 신중한 남자다. 나는 가볍게 헛기침을 하며 물었다.

"무엇을 알고 싶으십니까?"

─먼저 오러다.

순간 화면에 오러를 발동시킨 슈지가 나타났다.

─이 녹색 오러에 대한 정보를 원한다.

"말씀하신 대로, 저것은 오러입니다. 보유한 오러의 최대량에 따라 색이 변하며, 녹색은 4단계로 강해진 상태입니다."

나는 잠시 뜸을 들인 다음 말했다.

"녹색 오러를 보유한 귀환자는 1개 사단 병력으로 제압이 가능합니다."

―1개 사단?

"네. 하지만 지금은 대(對)귀환자용 전술이 발전하지 않았으니 힘들겠군요. 일단 오러의 특징에 대해서 말씀드리면… 저것은 모든 물리적인 힘에 믿을 수 없을 만큼 강력한 효율의 방어력을 제공합니다."

―크루즈 미사일을 정면으로 맞고도 버텨냈다. 대체 어떻게 그럴 수 있지?

"그건 오러 실드를 추가로 전개했을 겁니다. 어쨌든 오러의 효율은 최고입니다. 물리적인 병기로는 손상을 시키는 게 무척 까다롭습니다. 적절한 전술과 집중된 화력으로 결국 제압이 가능하긴 하지만요."

―지금 전술론을 말할 시간이 없네.

샌더스는 복잡한 표정으로 한숨을 내쉬었다.

―답이 있다면 알려주게. 대체 뭐로 공격해야 저 오러를 효율 좋게 파괴하고 슈지를 제압할 수 있나?

"오러에 효과적인 건 결국 같은 오러입니다. 혹은 마법이나요."

―뭐?

"아직 마법을 쓰는 귀환자가 돌아오지 않았으니… 모르시겠군요. 어쨌든 레비그라스에는 진짜 마법사도 있습니다."

―그 무슨 말도 안 되는… 영화나 소설에 나오는 그런 마법 말인가?

"뭘 상상하든 그 이상일 겁니다."

나는 한쪽 어깨를 으쓱이며 말했다.

"확실한 건 전술핵은 견디지 못합니다."

물론 나중엔 그것조차 견뎌내는 괴물들이 오지만, 이 시점에서 그런 것까지 이야기할 필요는 없다.

샌더스는 허탈한 얼굴로 고개를 저었다.

―핵이라니… 지금 자국의 영토에 핵병기를 사용하라 이건가?

"말하자면 그렇다는 겁니다. 만약 허락만 해주신다면 제가 직접 잡을 수도 있습니다."

―뭐라고?

샌더스는 눈을 부릅뜨며 되물었다.

―지금 뭐라고 했나? 자네가 슈지를 잡겠다고?

"대략적인 위치만 알면, 아주 간단하게 잡을 수 있습니다."

―그런… 그럼 자네가 더 강한가? 그 괴물보다?

"상대도 안 됩니다."

―…만약 자네가 미국으로 들어오면, 갑자기 돌변해서 슈지와 함께 미국 시민들을 살육하지 않으리란 보장은?

"없습니다."

나는 즉시 고개를 저었다.

"누구한테 소개장이라도 받아 올까요? 뭘 어떻게 하면 믿으시겠습니까?"

—잠시만… 잠시만 기다리게.

샌더스는 갑자기 눈을 크게 뜨더니 영상통화를 내려 버렸다. 나는 의자에 등을 기대며 옆에 서 있는 레이머 대령에게 물었다.

"현재 전 세계적으로 몇 마리의 몬스터가 살아서 행패를 부리고 있습니까?"

"행패라니… 음, 잠시만 기다리게."

대령은 부관과 뭔가를 상의하더니 고개를 끄덕이며 말했다.

"현재 생존이 확인된 몬스터의 숫자는 총 21마리네."

"그중에 가장 가까운 곳이 어딥니까?"

"일본입니다."

그러자 부관이 들고 있던 태블릿 PC를 앞으로 내밀며 말했다.

"일본 영토엔 지금까지 총 여섯 마리의 몬스터가 소환됐습니다. 여기까진 전부 퇴치했습니다. 하지만 이틀 전에 나타난 일곱 번째 몬스터를 상대로 고전 중입니다."

태블릿의 영상에는 말미잘을 연상시키는 몬스터가 수백 개의 촉수를 사방에 뿌리고 있었다. 나는 눈살을 찌푸리며 영상의 배경을 주시했다.

"뒤쪽에 발전소 같은 게 보이는군요?"

"네. 하필 소환된 장소가 원자력 발전소 주변입니다. 발전은 중단했지만 앞으로 사나흘 정도는 함부로 화력을 집중할 수 없습니다."

"…그렇군요."

나는 고개를 끄덕이며 꺼진 영상통화의 화면을 향해 소리쳤다.

"샌더스 대장님! 듣고 계십니까! 대장님!"

그러자 꺼진 화면이 다시 밝아지며 샌더스가 나타났다.

─미안하네. 급한 연락이 와서.

"혹시 제가 지금 바로 일본에 나타난 몬스터를 퇴치한다면, 그때는 저를 믿어주시겠습니까?"

나는 곧바로 제의를 던졌다. 샌더스는 이마에 흐르는 땀을 닦으며 머뭇거렸다.

─그게… 그러니까, 일단 자네가 미국으로 돌아오는 것을 막을 수는 없을 것 같네.

"네?"

─자네의 신원이 확인됐네. 레너드 조. 미국 시민권자더군. 방금 대통령께서 보고를 받고 즉각 조치를 취하라고 연락하셨네. 레이머 대령, 거기 있나?

"네! 여기 있습니다, 사령관님."

대령이 즉시 경례를 붙이며 대답했다. 샌더스는 두려운 표정으로 날 바라보며 대령에게 명령을 내렸다.

─자네가 판단해서 '가장 빠른' 걸로 레너드 군을 본토로 수송하게, 지금 당장. 알겠나?

"아, 잠시만 기다려 주십시오."

나는 샌더스의 말을 끊으며 끼어들었다.

"그전에 일본에 들러서 몬스터를 한 마리 잡고 가겠습니다. 기왕 가까운 데 있으니까요."

─잠깐… 시간이 없네. 가능한 빠르게 미국으로 불러오라는 대통령 각하의…….

"시간은 충분합니다."

나는 부관이 들고 있는 태블릿을 돌아보며 어깨를 으쓱였다.

"이 정도면 5분이면 해치울 수 있습니다. 최대한 빠르게 해결하고 미국으로 건너가도록 하죠. 아, 그전에 새 옷부터 한 벌 마련해 주시겠습니까?"

87장 •
인류의 영웅

정확히는 2분도 안 걸렸다.

*   *   *

결정타를 날리기 직전, 나는 다시 한 번 녀석을 스캐닝했다.

이름: 크루막스(기계화)
종족: 촉수족, 사이보그
레벨: 23
특징: 촉수족의 최상위 포식자. 최상위라 하지만 다른 희귀

몬스터에 비해 상대적으로 약하다. 기계화가 되어 기본 스텟이 강화되었다.

기본 능력
근력: 161(471)
체력: 93(636)
내구력: 46(378)
정신력: 2(8)
항마력: 0(0)

특수 능력
오러: 0
마력: 0
신성: 0
스케라: 111(479)
저주: 133(133)
고유 스킬: 일제분출(상급), 출력강화(중급), 스케라 빔(하급)

그와 동시에 나는 50미터 상공으로부터 낙하하며 적을 향해 수직으로 칼을 내리 그었다.

촤아아아아아악!

그 일격으로 말미잘을 닮은 몬스터의 육체가 중력가속도과 같은 속도로 양단됐다.

물론 내 칼은 고작 1미터도 안 된다.

반면 상대는 높이 30미터, 몸통의 폭도 20미터에 달하는 거구다.

하지만 최상급 오러 소드를 활용해 순간적으로 칼날의 길이를 10미터 이상 확장시켰다.

'보통은 이런 식으로 확장시키면 위력이 약해지지만……'

하지만 지금은 상관없다. 상대가 소드 마스터인 것도 아니니까.

푸확!

착지와 동시에 몬스터의 동체가 좌우로 쩍 벌어지며 투명한 액체가 뿜어져 나왔다.

'생각보다 냄새는 안 나는군.'

곧바로 액체를 피해 백덤블링을 하며 단숨에 백 미터 이상 거리를 벌렸다.

그걸로 끝이었다. 나는 몬스터의 죽음을 확인한 다음 칼을 집어넣으며 뒤쪽으로 손을 흔들었다.

"끝났습니다! 뒷정리는 알아서 하세요!"

그러자 멀리서 대기하고 있던 일본 자위대 병력이 곧장 몰려오기 시작했다.

나는 대로변으로 몸을 피하며 지급받은 군용 스마트폰을 꺼내 들었다.

"끝났습니다. 바로 데리러 와주십시오."

"알겠다. 잠시 대기하도록."

목소리의 주인은 오키나와 미군 기지의 사령관인 아놀드 레이머였다. 나는 스마트폰을 집어넣으며 몰려오는 병사들을 천천히 살폈다.

"저, 실례하겠습니다!"

그때, 자위대 간부 한 명이 상기된 얼굴로 경례를 붙였다.

"진심으로 감사드립니다! 더, 덕분에 피해 없이 적을 제압할 수 있었습니다! 당신은 실로 영웅이십니다! 괜찮으시면 이거라도……"

간부가 건네준 것은 녹차 페트병이었다. 나는 쓴웃음을 지으며 병을 받아 들었다.

"감사합니다. 마침 목이 말랐습니다."

"오……."

간부는 신이라도 영접한 얼굴로 날 바라보다 물었다.

"호, 혹시 한국인이십니까?"

"네. 그런 셈입니다."

"그런데 어떻게… 우리가 대화가 통하는 것입니까? 저는 한국어를 잘 모르는데?"

간부의 표정은 경의와 경악으로 범벅이 되어 있었다. 나는 단숨에 페트병을 비운 다음 빈 병을 돌려주며 웃었다.

"저도 그게 참 궁금하군요. 어째서일까요?"

＊　　　　＊　　　　＊

　"세상에 신이시여… 그러니까 자네는 일종의 언어 통합 팩을 몸 안에 이식한 셈인가?"

　레이머 중령이 탄식하며 물었다. 나는 수송 헬기의 창밖을 보며 고개를 끄덕였다.

　"비슷합니다. 저는 모든 언어를 이해할 수 있고, 제가 하는 말은 모두가 이해할 수 있습니다. 레비그라스 차원에 있는 여러 가지 각인 능력 중 하나입니다."

　창밖에는 태평양이 펼쳐져 있다. 중령은 혀를 차며 고개를 저었다.

　"이거야말로 진짜 마법이군. 그렇다면 그쪽 세계는 모든 인간이 언어가 통하는 유토피아 같은 곳인가?"

　"꼭 그렇지는 않습니다."

　나는 레비그라스를 양분하는 자유 진영과 신성제국에 대해 간략히 설명했다.

　대령은 연신 고개를 끄덕이며 감탄했다.

　"과연, 과연 그렇군. 설령 다른 차원이라 해도… 인간은 결국 인간이군. 어디서나 종교나 이념으로 경쟁을 벌이고 있어."

　"안타까운 일입니다. 그런데 대령님, 저희들은 이대로 미국까지 날아가는 겁니까? 수송 헬기의 연료로는 힘들 텐데요?"

"물론 힘들지. 중간에 공중급유를 받고… 최종적으론 하와이 기지에 내려서 군용 수송기로 갈아탈 예정이네. 그런데 말이야."

대령은 신기하다는 눈으로 날 바라보았다.

"그런데 어찌 그렇게 잘 알고 있나? 기록을 보니 군에 복무하진 않은 것 같은데… 혹시 밀리터리 마니아인가?"

나는 대답 대신 한쪽 어깨를 으쓱였다.

내가 군사 무기에 대해 알고 있는 것은 단순히 15년 이상 군에 복무했기 때문이다.

그렇다고 내 전생에 대해 이야기할 생각은 없다. 당장 레비그라스 차원에 대한 정보를 이해시키는 것만으로도 골치가 아플 지경이다.

대령은 연신 고개를 저으며 말했다.

"어쨌든 믿을 수가 없군. 놀라워. 그야말로 순식간에 세계관이 바뀌는 기분이네."

"몬스터가 출현한 지도 이미 넉 달이 지났습니다. 그동안은 별로 변하지 않았습니까?"

"몬스터야 의심의 여지가 있으니까. 처음엔 누군가 유전공학과 기계공학을 접목시켜서 만들어낸 생물이라고 생각했네."

"하긴… 그렇군요. 처음부터 그게 우주에서 떨어진 외계인이라든가, 다른 차원의 괴물이라고 생각하긴 어려웠을 테죠."

나는 품속에서 마력 회복 포션을 꺼내 마시기 시작했다.

대령은 가볍게 헛기침을 하며 물었다.

"그런데 레너드, 자네 방금처럼 품속에서 자꾸 뭔가를 꺼내던데 말이지… 뭔가 요술 주머니라도 가지고 있는 건가?"

"요술 주머니라……."

나는 피식 웃으며 고개를 끄덕였다.

"네. 대충 비슷한 걸 가지고 있습니다."

"그렇군. 레비그라스에서는 그런 게 기본인가?"

"그렇진 않습니다. 제가 특이한 거죠."

나는 쓴웃음을 지으며 말했다.

"물론 가능한 모든 정보를 전달할 생각입니다. 하지만 제 개인적인 것들은 예외로 두고 있습니다. 이해해 주십시오."

"아, 물론 이해하네."

"감사합니다. 강제적으로 조사할 생각은 가급적 포기하는 게 좋을 겁니다."

"그게 무슨 소린가?"

나는 어깨를 으쓱였다.

"의학적인 신체 조사라든가, 생체 실험, 소지품 검사 같은 것 말입니다. 그런 쪽으론 협조할 생각이 없습니다."

"아, 그런 이야기인가?"

대령은 코웃음을 치며 고개를 저었다.

"걱정 말게. 대체 우리가 무슨 힘으로 강제 조사를 벌이겠나? 일단 물리적으로 불가능해. 칼 한 자루 들고 몬스터를 퇴치하는 존재에게 말이야. 고양이 목에 방울 달기지."

"하지만 윗분들은 언제나 방울을 달고 싶어 합니다. 지금 저희가 하는 대화가 녹음되어 실시간으로 상부에 전달되고 있다는 것을 염두에 두고 말씀드리자면."

나는 뒤집어쓰고 있는 헬멧을 가볍게 두드리며 말했다.

"제겐 그 어떤 종류의 수면 가스라든가, 생화학 병기라든가, 전기 충격이라든가, 음파 병기 같은 것은 통하지 않습니다."

테스트를 하지 않아도 알 수 있다. 왜냐하면 전생에 지구로 돌아온 소드 마스터들이 그랬으니까.

"부디 테스트랍시고 황금 알을 낳는 닭의 배를 가르지 않았으면 좋겠군요. 우호적인 관계 속에서 협력을 도모하길 바랍니다."

"그래. 상부도 부디 그러길 바라네."

대령은 내 흉내를 내며 쓰고 있던 헬멧을 두드렸다.

헬기 내부는 프로펠러 돌아가는 소리에 매우 시끄러웠다. 무전기가 달린 헬멧을 쓰지 않으면 서로의 목소리를 확인하기 어려웠다.

물론 나는 아무래도 상관없지만.

"아, 그러고 보니 궁금한 게 있는데."

"말씀하십시오."

"자꾸 물어보기만 해서 미안하네. 이것도 일이라서."

대령은 다시 한 번 헬멧을 두드렸다. 아마도 실시간으로 상부에서 질문할 것들을 전달하는 모양이다.

"귀환자가 다루는 그 오러라는 힘 말이네. 결국 모든 힘은 그 힘을 발휘하게 만드는 연료가 필요하지 않은가?"

"물론입니다. 마나라고 하죠. 전에 기지에서 말씀드린 것 같습니다만?"

나는 이미 레비그라스 차원의 힘이 어떤 식으로 돌아가는지에 대해 설명을 끝냈다. 대령은 고개를 끄덕이며 미안하다는 표정을 지었다.

"그래. 이미 말해줬지. 그런데 그 마나라는 힘은 대기 중의 산소처럼 그냥 균일하게 퍼져 있는 건가?"

"네. 농도에 차이가 있지만 대부분 그렇습니다."

"하지만 지구에는 없지 않나? 있으면 지구에도 오러를 다루는 인간들이 생겼을 테니까. 아니면 마법이라든가."

"네. 마나는 오러와 마력의 공통분모입니다. 체내에 저장하는 방식이 다를 뿐이죠."

"그럼 소모된 오러를 회복시키는데도 마나가 필요하지 않나? 하지만 지구엔 마나가 없는데, 어째서 귀환자들은 계속해서 저 오러라는 힘을 사용할 수 있지? 물론 자네도 마찬가지고."

그것은 이미 멸망해 버린 나의 전생에서도 마찬가지였던 고민거리였다.

물론 그때는 답이 나왔다. 나는 의식적으로 심호흡을 하며 답했다.

"결론부터 말하자면 지구에도 마나가 존재합니다."

"뭐? 정말인가?"

"레비그라스에 비하면 매우 소량이지만 확실히 존재합니다. 너무 적어서 오러의 총량을 높이는 건 불가능에 가깝습니다. 다만 이미 오러를 보유한 자들이 소모된 오러를 회복시킬 정도는 됩니다. 물론 회복 속도가 상당히 느리지만요."

일반적인 경우, 레비그라스의 전사는 텅 빈 오러를 최대치까지 회복시키는 데 3일에서 5일의 시간이 걸린다.

하지만 전생의 인류 저항군의 연구 결과, 귀환자들은 완전 바닥난 오러를 완벽하게 회복할 때까지 최소 10일에서 15일의 시간이 필요했다.

"당상 저만 해도 오러의 회복 속도가 상당히 느려졌다는 걸 느낄 수 있습니다."

"잠깐! 그건 위험하지 않나? 자네는 이제 미국 본토에 가서 슈지와 몬스터들을 상대로 싸워야 하는데……"

"아, 물론 소모가 크지 않아서 큰 상관은 없습니다."

나는 웃으며 고개를 저었다.

"좀 전에 사냥한 몬스터는 그렇게 강하지 않았습니다. 기껏해야 샌드 웜 킹 정도일까요?"

"샌드 웜 킹?"

"레비그라스 차원에 서식하는 몬스터입니다. 물론 대단히 강력한 몬스터입니다만, 그래도 지금의 제가 훨씬 더 강합니다."

"하긴… 잡는 데 2분도 안 됐으니."

대령은 마른침을 살피며 내 눈치를 살폈다.

"그런데 말이네. 이건 그냥 내가 궁금해서 물어보는 건데 말이지… 기분이 어떤가?"

나는 잠시 침묵하다 되물었다.

"어떤 기분 말입니까?"

"그렇게 강해진 기분 말이네. 자네는 인간의 몸으로 인간을 초월했지. 내 어림짐작이네만, 자네는 혼자서 국가 레벨의 군사력을 갖춘 셈이야. 초인, 슈퍼 히어로, 아무튼 그런 존재가 된 것 아닌가? 그럼 기분이 어떤가?"

"물론 나쁘진 않습니다."

무표정하게 대꾸한 건 질문의 의도를 정확히 파악하지 못했기 때문이다. 대령은 복잡한 표정으로 헛기침을 하다 한숨을 내쉬었다.

"그야 물론 좋겠지. 그러니까 내 말은… 그런 엄청난 힘을 가졌으니, 막 세상을 자신의 손으로 쥐락펴락하고 싶어지지 않나? 무소불위의 권력을 가진다든가, 세계의 부를 쓸어 담고 궁극의 사치를 즐긴다든가?"

"그런 이야기였습니까?"

나는 피식 웃으며 고개를 저었다.

물론 그럴 수 있다.

평범한 인간이 지금의 나처럼 된다면 가장 먼저 그런 것부터 떠올렸을지도 모른다.

하지만 나는 평범한 인간이 아니다.

물론 욕망이나 쾌락에 달관한 성인(聖人)이라는 이야기는 아니다.

단지 처절한 투쟁과 저항 끝에 결국 멸망해 버린 지구의 인류의 마지막 생존자일 뿐.

나는 대령을 마주 보며 말했다.

"제 목표는 단 하나입니다."

"그게 뭔가?"

"인류의 멸망을 막아내는 것. 그것만이 유일한 목표입니다. 만약 제 스스로가 목표에 방해물이 된다면, 저는 스스로를 배제해서라도 목표를 완수할 생각입니다."

"…무시무시하군."

대령은 침을 삼키며 고개를 저었다.

"이제 겨우 스무 살을 넘겼는데 어떻게 그렇게 단호할 수 있나? 상부에서 보내온 자네의 경력을 읽어봤네. 레너드 조. 그냥 평범한 청년이더군."

"네. 그냥 평범했죠."

"교사나 친구들의 증언도 이미 확보했네. 조금 약삭빠르고 이기적인 면이 있지만 대체로 무난했다고 하더군. 레비그라스에서 대체 무슨 고생을 했기에 이렇게 변한 건가?"

나는 대답 대신 한쪽 어깨를 으쓱였다.

대령은 한참 동안 내 대답을 기다리다 쓸쓸한 표정을 지었다.

"난 상상도 못 하겠군. 분명 끔찍한 시간이었겠지. 아, 그런데……."

대령은 갑자기 헬멧의 귀 쪽에 손을 대고는 눈살을 찌푸렸다.

"아… 네. 알겠습니다. 그렇게 알고 있겠습니다."

"위쪽에서 지시가 내려왔습니까?"

"그래. 아무래도 급한 모양이야."

중령은 헬멧에서 손을 떼며 한숨을 내쉬었다. 동시에 타고 있던 헬기가 약간 방향을 틀었다.

"항모가 이쪽으로 오고 있다더군."

"항공모함 말입니까?"

"20분 후에 접촉하네. 레너드, 자네는 항공모함으로 건너가서 준비된 초음속 전투폭격기로 갈아탈 예정이야. 괜찮겠나?"

"문제없습니다."

"시원시원하군. 이제 와서 훈련받지 않은 민간인 운운할 필요는 없겠지. 짧은 시간이었지만 만나서 영광이었네."

"중령님이 말이 통하는 분이라 저도 다행이었습니다."

나는 중령과 악수를 나눈 다음 몇 가지 이야기를 더 나눴다.

그리고 잠시 후, 창문 밖으로 항공모함이 보였다.

항공모함은 사방에 순양함과 구축함의 호위를 받고 있었다. 나는 잠시 생각하다 헬멧을 벗으며 소리쳤다.

"중령님, 문을 열어주십시오!"

"뭐?"

중령은 깜짝 놀라며 헬멧을 집어 던졌다.

"방금 뭐라고 했나! 지금 헬기의 문을 열라고?"

"네!"

"왜? 설마 공수부대처럼 뛰어내리려고 그러나? 그럴 필요 없네! 헬기는 항모에 착륙할 거야!"

"시간을 아끼려고 그럽니다!"

"대체 무슨 소리야! 그냥 5분만 더 기다리게!"

"안 열어주시면 제가 뜯어버리고 나갈 겁니다! 그래도 괜찮겠습니까?"

중령은 눈을 휘둥그레 떴다.

"알겠네! 그런데 정말로 왜 이러는 건가!"

"제가 뭘 할 수 있는지, 그리고 제게 뭘 하면 안 되는지를 보여주려고 합니다! 쉽고 빠르게 말이죠!"

"…알겠네!"

중령은 혀를 내두르며 수송 헬리콥터의 문을 열었다.

그리고 나는 예의상 차고 있던 안전벨트를 풀어버린 다음

문밖으로 몸을 던졌다.

동시에 오러를 발동시키며, 오러 스킬인 오러 윙을 전개했다.

파지지지지지직!

그것은 전투기의 옆 날개를 연상시키는 모습이었다.

나는 1㎞ 이상 떨어져 있는 항공모함을 향해, 완만한 곡선을 그리며 빠른 속도로 하강했다.

그리고 항공모함의 활주로에 가볍게 착지했다.

콰직!

동시에 활주로에 나와 있던 관제 요원들이 경악의 눈으로 나를 바라보았다.

나는 발동시킨 오러를 거두며 미소를 지었다.

"시간이 없는 것 같아서 먼저 뛰어내렸습니다. 그럼… 제가 타고 갈 전투폭격기는 뭡니까? 분명 F/A—18, 호넷(Hornet)이겠죠?"

*　　　　*　　　　*

태평양 사령부 사령관인 존 샌더스 대장이 눈살을 찌푸리며 말했다.

"아까는 레이머 중령이 이상한 소리를 했더군. 너무 깊게 생각하지 말게."

"뭘 말입니까?"

나는 시치미를 떼며 되물었다. 샌더스 대장은 한숨을 내쉬며 고개를 저었다.

"무슨… 슈퍼 히어로 운운하지 않았나? 욕망에 관한 거라든가."

"그거라면 들으신 대로입니다. 제 목표는 어디까지나 인류의 멸망을 막는 것입니다."

"물론 자네 뜻에 공감하네. 숭고하고 장엄한 이야기야. 그런데 말이네."

사령관은 벽에 걸린 미국 국기를 잠시 바라보다 말을 이었다.

"만약 자네가 원한다면 우린 제공할 수 있는 모든 금전적인 보상을 자네에게 제공할 생각이네. 아니, 오히려 그렇게 하고 싶군."

"어째서 그런 걸 원하십니까?"

"국방부는 자네를 외주로 고용하는 민간 군사 기업 취급을 하고 싶어 하네. 당연히 보수를 지급해야지."

"민간 군사 기업이라니, 용병 말입니까?"

"그런 셈이지."

나는 코웃음이 나오려는 것을 참으며 고개를 끄덕였다.

"아무래도 상관없습니다만, 그래도 갑자기 대우가 좋아진 것 같군요. 그사이에 제게 믿음이 생겼습니까?"

"그보다는 자네가 보여준 포트폴리오가 인상적이었다고 해야겠지. 그걸 위해서 일본에 출몰한 몬스터를 사냥하고, 헬기에서 맨몸으로 뛰어내려 항모에 착륙한 것 아닌가?"

"그럼 셈이죠."

나는 대장의 말을 따라 하며 방 안을 살폈다.

이곳은 하와이에 위치한 미군 태평양 사령부의 지하 벙커다.

샌더스 사령관의 양옆에는 완전무장한 열 명의 군인이 긴장한 얼굴로 대기 중이었다. 나는 쓴웃음을 지으며 사령관에게 말했다.

"일단 보디가드를 물러주시는 게 어떻습니까?"

"난 미국 전력의 50%가 집중된 태평양 사령부의 사령관이네. 자네가 이런 나를 인질로 잡으면 곤란하지 않겠나?"

"제가 당신을 인질로 잡고 싶었다면……."

나는 근처에 있는 병사를 향해 다가간 다음, 그가 쥐고 있는 소총을 가볍게 탈취했다.

"무슨 짓을 해도 저를 막을 수 없습니다."

그러고는 탈취한 소총을 양손으로 뭉개 공으로 만들었다.

쫘드드드드드드드득!

동시에 소총에 장전된 탄약이 불꽃과 폭음과 함께 폭발했다.

파바바바바바박!

"우왁!

"이런 망할!"

"피해! 숙여!"

사령관과 병사들이 경악을 하며 몸을 숙였다.

나는 화약 연기가 자욱한 공을 병사에게 돌려주며 말했다.

"아시겠습니까? 병사들을 물리라고 한 건 그저 중요한 이야기를 하기 위해서입니다."

"아… 알겠네."

사령관은 데스크 밑에서 빠져나오며 병사들을 향해 손짓을 했다.

"전부 나가. 내가 지시할 때까지는 절대 이 방에 들어오지 마라."

그렇게 마지막 병사가 밖으로 나가자, 사령관은 한숨을 내쉬며 고개를 저었다.

"부탁이니 너무 겁주지 말게. 굳이 이렇게 안 해도… 자네가 얼마나 상식을 초월한 존재인지는 충분히 알고 있으니까."

"시간이 없으니 빠르게 묻겠습니다. 어째서 저를 본토로 바로 보내지 않았습니까?"

"중간에 합의를 해야 할 사항들이 있어서……."

사령관은 긴장한 얼굴로 날 바라보다 고개를 저었다.

"아니, 내가 이야기할 문제는 아니지. 지금 바로 연결하겠네."

"연결이라니, 누구와 말입니까?"

"미합중국 전군의 통수권자."

대통령을 말하는 것이다. 사령관은 데스크 위의 전화를 들어 곧바로 내게 건네주었다.

나는 즉시 전화를 받았다.

"레너드입니다."

—세상에, 전화로도 통하는군.

대통령은 놀란 목소리로 말했다.

—언어의 각인이란 공간의 영향을 받지 않는 건가? 지금 자네와 나는 수천 마일 떨어져 있네만.

"그러고 보니 그렇군요. 저도 처음 알았습니다. 물론 영어도 가능하니 아무래도 상관없겠습니다만."

—그래. 자네는 미국인이지. 하하⋯⋯ 아무튼 만나서 반갑네. 비록 목소리뿐이지만.

"저도 반갑습니다, 대통령 각하."

—일본에서 자네가 한 일은 잘 봤네. 벌써 자위대가 촬영한 영상이 새어 나가 전 세계로 퍼졌더군. 사실 하고 싶은 말도 많고 묻고 싶은 말도 많네만⋯⋯.

대통령은 잠시 뜸을 들이다 말을 이었다.

—참모총장이 용건만 빠르게 말하라고 충고하는군. 일단 자네에게 묻고 싶은 게 있네.

"말씀하십시오."

―자네의 목표는 이미 알고 있네. 다만 구체적으로 지금 당장 어떻게 할 것인지 알고 싶어. 만약 내가 자네를 미국 본토로 들이고, 미합중국의 영토 내에서 그 어떤 무력도 사용 가능하다는 허가증을 내준다면… 자네는 어떻게 할 건가?

나는 5초 정도 생각한 다음 대답했다.

"귀환자 슈지를 잡고, 미국 영토 내에 있는 몬스터를 전부 사냥할 겁니다. 그리고 여기서부터는 제가 요구할 게 있습니다."

―요구?

"전 앞으로 6일 안에 현재 지구상에 소환된 모든 몬스터를 사냥할 생각입니다."

―뭐?

"물론 중국에 있다는 또 다른 귀환자도 포함해서 말입니다."

―잠깐, 그게 물리적으로 가능한가?

대통령은 다급한 목소리로 물었다.

―아니, 그게 가능한지는 둘째 치고 왜 하필 6일이지? 6일 후엔 더 큰 일이 생기나?

"그건 모릅니다. 다만 저는 6일 후면 다시 레비그라스로 돌아가야 하기 때문입니다."

그것은 상급 전이의 각인을 다시 재장전하기 위해 필요한 시간이다. 나는 기겁하고 있는 샌더스 사령관을 보며 대통령에게 말했다.

"그리고 그걸 물리적으로 가능하도록 협력해 주십시오. 그 것이 바로 제가 대통령께 드리는 요구입니다."

―잠깐, 구체적으로……

"구체적으로는 빠른 항공편이 필요합니다. 그리고 타국에서 제가 자유롭게 활동할 수 있기 위한 외교력을 제공해 주십시 오."

―그건…….

대통령은 잠시 고민하다 말했다.

―어렵지 않네. 할 수 있어. 제공할 수 있네. 중국과 러시아 가 약간 까다롭지만… 외교적인 자원을 좀 소모하면 충분히 가능하네.

"감사합니다. 그럼 그렇게 해주십시오. 시간이 없으니 자세 한 이야기는 본토에 도착하고 말씀드리겠습니다."

―잠깐! 전화 끊지 말게.

대통령은 황급하게 소리쳤다.

―기다려. 일단 자네의 요구는 확실히 접수했네. 말했듯이 들어줄 수도 있어. 하지만 이쪽도 요구가 있네.

"협상을 하자는 말씀입니까?"

―주는 게 있으면 받는 것도 있어야 하지 않겠나?

"저는 미국의 골칫덩이를 대신 해결해 주는 셈입니다. 그걸 로 충분하지 않습니까?"

―충분해. 아니, 솔직히 말해서 당장 그 슈지라는 귀환자만

제거해 주면 소원이 없을 정도야.

대통령은 학을 떼며 말했다.

─하지만 난 미합중국의 책임자네. 이런 상황에서도 미래를 보고 미국의 이익을 최대한으로 추구해야 해. 그러니 이쪽의 요구 사항을 전달하겠네. 부디 들어주게.

대통령은 놀랄 만큼 저자세였다. 나는 한숨을 속으로 삼키며 대답했다.

"알겠습니다. 말씀하십시오."

─고맙네.

대통령은 헛기침을 하며 요구 사항을 말했다.

─먼저 자네가 미국 국방부 소속이라는 것을 전 세계에 공표할 수 있도록 허락해 주게.

그건 아무래도 상관없는 이야기다.

나는 즉시 허락했다.

"수락하겠습니다."

─좋아. 그다음은 귀환자와 자네가 사용하는 그 '오러'라는 힘에 대해 연구하고 싶네. 자네가 일주일 후면 돌아간다고 했으니… 시간을 오래 끌지 않겠네. 반나절 동안만 우리 연구 팀이 연구할 수 있도록 허락해 주게.

"구체적으로 어떤 연구입니까?"

─오러를 쓰는 인간이 육체적으로 어디까지 힘을 발휘할 수 있는지에 대한 자료 수집이네. 힘, 속도, 내구력, 체력 같

은… 아, 걱정 말게. 의학적인 이야기는 아니니까. 약물이나 해부 같은 걸 하려는 게 아니야. 대신 외부 충격에 대한 저항력 테스트는 허락해 달라고 국방장관이 요청했네.

"외부 충격에 대한 저항력이라……"

나는 쓴웃음을 지으며 고개를 저었다.

"총탄이나 미사일 같은 걸 맞고 견디라는 건가요?"

—맞아. 바로 그런 테스트를 원하네. 괜찮겠나?

"30분입니다."

나는 딱 잘라서 시간을 정했다.

"정확히 30분의 시간을 드리겠습니다. 테스트는 30분 안에 끝내주십시오."

—아… 알겠네. 30분이라고 전달하지.

대통령은 토를 달지 않고 다음으로 넘어갔다.

—마지막으로 우린 자네가 쓰는 그 힘에 대해 연구하고, 그것을 바탕으로 우리도 그 힘을 다룰 수 있는지에 관심이 많네. 가능한가? 그리고 가능하다면 자네가 이쪽에 전수해 줄 수 있나?

"불가능합니다."

나는 즉시 거절했다.

"지구에는 마나의 농도가 희박합니다. 제가 아무리 전수하고 싶어도 지구에서는 마나와 관련된 힘을 키울 수가 없습니다."

—만약 레비그라스라면?

"네?"

—자네는 일주일 후에 레비그라스로 돌아간다고 하지 않았나? 그렇다면 자네에겐 차원을 이동할 수 있는 능력이 있거나, 혹은 자네를 다시 레비그라스로 돌려보낼 기술이 저쪽에 있다는 말이겠지. 그럼 혹시 우리가 지정한 요원을 함께 데려갈 수 없나? 그쪽에서 훈련을 시켜 다시 보내주면 좋겠네. 물론 가능하다면 말이지만.

이것은 좀 더 복잡한 요구였다.

나는 잠시 생각하다 대답했다.

"그것은 어렵습니다. 대신 저희가 해방시켜 확보하고 있는 지구인 중 한 명을 미국으로 보내는 것을 검토하겠습니다."

—해방시킨 지구인? 그건 또 뭔가? 아, 아니, 뭐라도 상관없지만.

대통령은 전화기로 들릴 만큼 큰 소리로 침을 삼키며 물었다.

—그 지구인도 미국인인가?

"가급적 미국 국적 보유자를 선별해 보도록 하겠습니다."

—숫자가 상당히 많은가 보군… 아무튼 좋아. 그렇다면 그 자도 자네만큼 강력한가?

"그렇진 않습니다."

—그건 좀 곤란한데… 그렇다면 슈지에 비하면?

현재 지구에서 깽판을 치고 있는 귀환자의 오러는 전부 녹색이다.

나는 해방시킨 지구인들의 실력을 계산한 다음 대답했다.

"최대한 슈지의 실력에 근접하거나, 혹은 그보다 조금이라도 더 강력한 자를 보내도록 하겠습니다."

—좋아. 그거면 됐네.

대통령은 안도의 한숨을 내쉬며 말했다.

—이쪽의 요구는 그걸로 끝이야. 그럼 지금부터 미합중국은 미국 시민권자인 레너드 조, 자네를 위해 필요한 모든 지원을 아끼지 않고 전력으로 공급하겠네.

＊　　　　＊　　　　＊

"지금 제가 하는 브리핑은 미 국방부 연구 팀이 요구한 30분의 테스트 시간에 포함됩니다."

내가 서 있는 곳은 미국 네바다 주의 사막 한복판에 있는 간이 요새였다. 나는 흰 가운을 입은 연구 팀과 30여 명의 미국 특수부대와 대표로 나온 국방 부(副)장관을 상대로 브리핑을 시작했다.

"우선 미리 전달했다시피, 오러의 강도는 총 일곱 단계로 나눠져 있습니다. 귀환자인 슈지가 사용하는 녹색 오러는 4단계, 제가 다루는 보라색 오러는 7단계입니다."

나는 즉석에서 오러를 발동시키며 말을 이었다.

"핵심은, 오러라는 이 힘이 외부의 물리적인 힘에 압도적인 저항력을 가지고 있다는 겁니다. 먼저 시범을 보여 드리겠습니다."

나는 한 번의 점프로 30미터쯤 뒤로 몸을 날렸다.

"오오……."

멀리서 신음 소리가 희미하게 들렸다. 나는 좀 더 거리를 벌린 다음, 반대쪽에서 대기 중이던 연구 팀과 군인들을 향해 손을 들었다.

"시작하세요!"

그러자 일차적으로 소총 사격이 시작되었다.

타다다다다다다다당!

일순간 수백 발의 총탄이 오러의 벽에 막혀 사방으로 튕겨 날아갔다. 나는 목청을 높여 소리쳤다.

"다음!"

이번에는 총 여섯 발의 유탄이 동시에 날아왔다.

콰과과과과과과광!

강렬한 폭발과 함께 사방으로 파편이 튀어나갔다. 나는 자욱한 먼지가 사라질 때까지 1분 정도 그 자리에 서서 기다렸다.

"오오……."

"세상에……."

"슈지도 그러더니 저 사람도……"

먼지가 걷히자 관람객들의 입에서 탄성이 새어 나왔다. 나
는 다시 한 번 도약해서 원래 서 있던 자리로 돌아오며 말했
다.

"보셨습니까? 이게 바로 오러의 힘입니다. 육체의 내구력과
상관없이 그 자체로 외부의 물리적인 충격에 대해 압도적인
방어력을 제공합니다."

"정말로… 옷에 생채기 하나 안 생겨 있군."

국방부 부장관이 혀를 내두르며 고개를 저었다. 나는 마카
를 들고 준비되어 있는 화이트보드에 직접 글자를 쓰며 설명
했다.

"그렇다고 오러가 완전 무적이란 이야기는 아닙니다. 충격을
받으면 소모됩니다. 다만 효율이 너무 좋을 뿐이죠. 제 오러의
총량을 1,000이라고 가정했을 경우, 방금 전의 집중사격과 유
탄 공격을 받아냈음에도 1 정도밖에 소모되지 않았습니다."

다시금 사방에서 탄식이 새어 나왔다. 나는 손가락으로 하
늘을 가리키며 계속 말했다.

"원래는 토마호크 미사일과 GBU—28, 즉 벙커 버스터도 테
스트할 계획이었습니다, 일단 그건 다음으로 미루도록 하죠."

"벙커 버스터를 직격으로 맞고도 버틴다는 말인가?"

"버티는 건 문제가 아닙니다."

나는 고개를 저으며 말했다.

"그저 오러가 얼마나 소모되는지가 문제죠."

사실 나도 궁금했다. 때문에 언젠가 하긴 할 생각이었다.

부장관은 멍청한 표정으로 나를 바라보다 한숨을 내쉬었다.

"이건 현대전이나 무기에 대한 개념을 완전히 뒤바꿔 놓는 힘이군. 슈지 한 명에게 미군 전체가 농락당한 것도 당연한 일이었어."

"슈지는 저보단 훨씬 약합니다. 사전에 정보가 있었다면 충분히 대처가 가능했을 겁니다."

나는 간이 테이블에 놓인 캔 커피를 뜯어 마셨다. 부장관은 미리 들고 왔던 서류를 잠시 훑어보다 물었다.

"그럼 이 오러라는 힘에 유효한 수단은 결국 같은 오러뿐인가."

"그렇습니다."

나는 즉석에서 컴팩트 볼을 만든 다음, 100미터쯤 떨어진 곳에 있는 바위산을 향해 집어 던졌다.

콰과과과과과과과광!

동시에 주변에 있는 모든 인간이 자리에서 벌떡 일어났다. 나는 발동시킨 오러를 거두며 설명했다.

"방금 제가 날린 건 '컴팩트 볼'이라는 오러를 활용한 기술입니다."

"뭔가 방금 그건! 손에서… 손에서 미사일 같은 걸 만들어낸 건가?"

"말씀하신 그대로입니다. 물론 종류에 따라 다르지만, 미사일 정도의 위력을 가지고 있죠."

"대단하군……."

부장관은 자지러지듯 몸을 떨었다. 나는 화이트보드에 '슈지'라는 이름을 적으며 말했다.

"4단계 오러를 가진 슈지는 미사일을 맞아도 충분히 버텨냅니다. 하지만 같은 위력을 가진 컴팩트 볼을 맞으면 한 방에 즉사하거나 전투 불능 상태에 빠질 겁니다."

"어째서? 어째서 그렇지?"

"그게 바로 오러의 힘이니까요."

나는 어깨를 으쓱였다.

"오러는 오러에 약합니다. 서로 같은 힘을 가지고 있다면, 그저 오러를 두른 칼에만 베여도 모든 힘이 소모될 정도입니다."

"그렇다면 우리는… 기존의 재래식 병기로만 싸워야 하는 우리는 그저 속수무책이라는 건가?"

"아닙니다. 말씀드렸다시피 효율은 나빠도 현대 병기로 충분히 제압이 가능합니다. 올바른 전술, 그리고 대규모의 화력을 집중한다면 말이죠."

"그렇다면 자네도? 아, 아니. 아니야. 실언이네. 부디 못 들은 걸로 해주게. 미안하네."

부장관은 무심결에 말해놓고는 빠르게 사과했다. 나는 상관없다는 얼굴로 고개를 저었다.

"사과하실 필요 없습니다. 당연한 의문이니까요. 어쨌든 저는 좀 힘들 겁니다."

전생의 인류 저항군이 제압한 소드 마스터의 숫자는 단 두 명이었다.

그것도 굉장한 우연과 행운이 겹친 상태에서, 인류가 보유한 최종 병기를 사용했기 때문에 가능한 기적이었다.

하지만 지금의 나는 당시의 소드 마스터에 비해 한 단계 높은 힘을 가지고 있다.

'소드 마스터에 정령왕들의 힘이 더해졌으니… 단순 비교는 무리가 있다. 마음만 먹으면 지구 전체의 군사력을 나 혼자서 제압할 수도 있겠지.'

물론 까마득한 시간이 필요하겠지만, 결코 불가능한 건 아니다.

그러자 부장관이 다가와, 떨리는 손으로 내 손을 붙잡았다.

"레너드… 자네는 정말 우리 편인가? 우리 미합중국의 편이 맞는 거겠지? 정말 믿어도 되는 건가?"

"저는 미합중국의 편이 아닙니다."

순간 부장관의 표정에 절망이 스치며 지나갔다. 나는 쓴웃음을 지으며 노인의 손을 양손으로 덮어 쥐었다.

"저는 인류의 편입니다. 제 손으로 무고한 인류를 공격하는 일은 절대 안 일어납니다."

"오오……."

"죽었다 깨어나도 말이죠. 어쨌든 간략한 브리핑이 끝났으니, 지금부터는 문제의 귀환자를 사냥해 볼까 합니다."

나는 고개를 돌려 네바다의 황량한 사막을 바라보았다.

사막이라 해도, 아프리카에 있는 사막처럼 고운 모래가 끝없이 펼쳐진 공간은 아니다.

눈에 보이는 것은 울퉁불퉁한 산맥과 협곡과 황무지였다. 부장관은 걱정스러운 표정을 지으며 한 발 뒤로 물러났다.

"슈지가 마지막으로 확인된 게 바로 이곳이네. 수색대를 총동원하고, 24시간 내내 군사위성으로 감시하고 있지만 아직 발견하지 못했어."

"혹시 다른 지역으로 빠져나간 겁니까?"

"그럴 가능성도 부정은 못 하겠네. 하지만 주 방위군을 총동원해서 주 경계를 지키고 있어. 아직까지 별다른 이상은 보고되지 않았네."

"그렇군요."

나는 고개를 끄덕이며 생각했다.

슈지.

지금 세상에선 첫 번째 귀환자인 그는 지금까지 총 네 개의 도시를 쑥밭으로 만든 다음 이곳으로 숨어버렸다.

'분명 대량의 오러를 소모한 거다. 소모한 오러를 회복시키

기 위해 잠시 숨어 있는 거겠지.'

하지만 미군의 감시에도 위치가 발견되지 않는 것은 의문이었다.

결국 패배하고 멸망하긴 했지만, 전생의 인류 저항군도 최소한 '색적'만큼은 끝까지 완벽하게 해냈던 것이다.

'미국의 감시 위성은 엄청난 성능을 가지고 있다. 열 추적 기능을 가지고 있기 때문에… 아무리 사막에 숨었더라도 금방 찾아낼 수 있었을 텐데?'

하지만 수색이 시작된 지 닷새가 지나도록 성과가 없었다. 나는 잠시 생각하다 맵온을 전개하며 물었다.

"부장관님, 현재 이 주변에 민간인은 전부 대피시켜 놨겠죠?"

"물론이네. 원래 민간인은 살지도 않았고, 수색대는 물론 주 방위대까지 전부 경계선까지 후퇴시켰지."

"알겠습니다. 그럼 쉽게 찾아낼 수 있을 것 같군요."

나는 고개를 끄덕이며 손가락으로 하늘을 가리켰다.

"감시는 위성으로만 하는 게 좋겠습니다. 위험할지도 모르니 아무도 따라오지 마십시오."

"아… 알겠네."

부장관은 고개를 끄덕이며 모두에게 명령을 내렸다. 나는 캔 커피 한 병을 손에 쥔 채, 간이 요새를 빠져나와 더 깊은 사막을 향해 걸음을 옮기기 시작했다.

　　　　*　　　　*　　　　*

　진짜 커피는 확실히 달랐다.

　'이걸 레비그라스로 가져갈 수만 있다면 떼돈을 벌지 않을까……'

　나는 주변의 바위에 빈 캔을 올려놓으며 맵온을 살폈다.

　이 넓고 황량한 공간에 깜빡이는 붉은 점은 단 두 개였다.

　하나는 나.

　그리고 또 하나.

　분명 저게 슈지일 것이다.

　하지만 눈앞에 보이는 것은 겨우 사막답게 펼쳐진 모래사장뿐이었다.

　'지난 닷새 동안 모래 속에 몸을 숨긴 건가?'

　물론 1단계 소드 익스퍼트의 체력과 내구력은 일반인에 비할 바가 아니다.

　하지만 그렇다 해도 말도 안 된다.

　모래 속에서 호흡이 가능한지부터 시작해서, 달궈진 모래 속에서 물과 식량 없이 닷새를 견디는 건 불가능하다.

　'아니, 설령 그게 가능하다 해도… 이건 회복이 아니라 소모다.'

　물론 오러는 어느 정도 회복될 것이다.

하지만 그 이상으로 체력이 소모될 게 뻔하다. 나는 한참 동안 사막을 노려보다 소리쳤다.

"슈지! 됐으니까 그만 튀어나와! 질문하고 싶은 게 있다!"

하지만 사막은 잠잠했다. 나는 오러를 발동시킨 다음, 고스트 소드를 만들어 공중에 띄우며 마지막으로 경고했다.

"5초 후에 공격한다! 4! 3! 2……."

그 순간, 갑자기 모래의 일부가 유사(流砂) 아래로 흘러내렸다.

동시에 모래투성이인 남자가 사막 위로 천천히 솟아 나왔다.

슈지.

일본인 출신의 귀환자로, 전생에선 2029년에 2단계 소드 익스퍼트의 힘을 가지고 귀환했다.

하지만 지금 그의 모습에선 더 이상 인간의 형태를 찾아볼 수 없었다.

끔찍하다.

신체의 거의 대부분이 마치 지네의 발처럼 무수한 기계 촉각으로 변질되어 있다.

두 개의 눈알은 마치 달팽이의 촉각처럼 와이어에 매달린 채 길게 튀어나와 있었다.

'저 눈알만 모래 밖으로 빼놓고 주변을 살피고 있었나 보군.'

나는 등줄기가 서늘해지는 것을 느꼈다.

레비그라스 차원의 힘과 오비탈 차원의 힘이 결합했다.

정말로.

쇼크가 덜한 것은 미리 미군이 제공한 자료 화면을 봤기 때문이다.

동시에 의문이 풀렸다.

슈지의 개조된 육체 속에는 이런 극한의 상황에서 견디며 미군의 위성 감시를 피할 수 있는 장치가 내장되어 있던 것이다.

슈지는 온몸에 튀어나온 촉각을 다시 몸속으로 거두며 소리쳤다.

"나는 레비그라스에서 온 슈지다! 지금부터 빛의 신의 뜻에 따라 지구의 인류를 절멸시키겠다!"

"그 말밖에 할 수 없나?"

빈정거림이 아니라 진짜 궁금했다. 슈지는 튀어나온 눈알을 다시 안면에 당겨 넣으며 말했다.

"보라색 오러. 소드 마스터. 너는 문주한인가?"

"잘 알고 있군. 레빈슨이 미리 귀띔해 주었나?"

"대신관님의 전언이 있다."

슈지는 오른팔에 내장된 검을 돌출시키며 말했다.

"이번엔 제가 이겼습니다, 문주한. 결과에 상관없이 겨우 한 판을 따냈군요."

그 목소리는 전에 들었던 레빈슨의 목소리와 동일했다.

'슈지의 몸에 녹음시킨 건가?'

그와 동시에 슈지는 온몸의 촉각을 동시에 뻗으며 오러를 발동시켰다.

촤르르르르르르륵!

파지지지지지직!

그리고 내 쪽으로 몸을 날렸다.

저 촉각이 어떤 기능을 하는지는 전혀 모른다.

확실한 것은 돌진해 오는 적의 속도가 1단계 소드 익스퍼트의 그것을 월등히 뛰어넘는다는 것.

'2단계 소드 익스퍼트… 그보다 살짝 위일지도?'

나는 마지막 순간까지 적의 역량을 파악했다. 그리고 적의 검이 내 목덜미를 내려치려는 순간.

파직!

미리 만들어놓은 고스트 소드로 적의 몸을 양단했다.

수직으로.

까드드드드드득…….

좌우로 분단된 슈지는 기괴한 소리를 내며 몸을 비틀었다.

'그래도 있을 건 다 있군…….'

나는 구역질이 올라오는 것을 참으며 슈지의 절단면을 관찰했다.

심장과 폐를 비롯한, 인간의 내장 기관은 대부분 남아 있다.

물론 뇌도 마찬가지였다. 슈지는 자신이 품고 있던 혈액을 전부 사막에 쏟아내며 끔찍한 생명력을 과시했다.

저러고도 살아 있다.

하지만 잠시뿐이었다.

곧바로 두 쪽으로 분리된 슈지의 몸통에서 오러가 사라졌고, 동시에 꿈틀거리던 촉각도 서서히 사그라졌다.

나는 한숨을 내쉬며 뒤로 물러났다.

내가 이겼다.

하지만 이긴 느낌은 들지 않았다. 레빈슨이 슈지의 육체에 남겨놓은 전언이 계속 마음에 걸렸다.

'레빈슨은 차원경이 석 달 전의 과거를 비추는 걸 알고 있었다. 그리고 날 지구로 유인했지.'

하지만 어째서일까?

내 전이의 각인이 아무리 초보 수준이라 해도, 7일만 지나면 다시 레비그라스로 돌아갈 수 있다.

'고작 7일이다. 그사이에 뻬돌린 지구인들을 획기적으로 강화시킬 수는 없을 텐데?'

기껏해야 눈앞에 있는 슈지처럼 기계화를 접목시킬 뿐이다.

물론 위협적인 변화지만, 그렇다고 압도적인 힘을 발휘할 수 있는 건 아니다.

'슈지 정도의 힘이라면 굳이 엑페가 나설 필요도 없다. 자유 진영이 보유한 기존의 전력으로도 충분히 제압이 가능해.

하지만 만약… 보유한 지구인 전원을 한 번에 풀어놓는다면?'

그렇다면 꽤나 위험할지도 모른다.

분명 큰 피해가 발생할 테지.

하지만 그렇다고 자유 진영이 멸망할 정도의 피해는 아니다.

'그쯤 되면 엑페도 나설 거다. 그럼 결국 제압당하겠지. 아무리 생각해도 이유를 모르겠다. 어쩌면 레빈슨은 엑페가 이쪽에 붙었다는 것을 모르고 있을지도 모른다.'

그렇다면 이런 작전을 설계한 것도 이해할 수 있다. 나는 한동안 고민하다 한숨을 내쉬며 고개를 저었다.

그때, 품에 넣어놓은 스마트폰이 울렸다. 나는 전화를 받으며 나지막한 목소리로 통화했다.

"네. 끝났습니다. 어서 와서 치워 가십시오. 아… 물론입니다. 슈지의 시체를 가지고 뭘 하든 상관없습니다. 오히려 제가 부탁하고 싶군요. 해부를 하든 뭘 하든 정보를 알아내서 공유해 주시면 감사하겠습니다."

• 88장 •
일당백

미국 위스콘신 주, 오대호 인근.

"7세대 몬스터의 코드네임은 루비아이입니다."

작전 지역까지 안내를 맡은 페넬 소령이 망원경을 건네주며 말했다.

"미합중국 영토에 소환된 몬스터 중에서 가장 최근에 나타난 겁니다. 지금까지 출현한 몬스터에 비해 월등히 높은 스펙과 특수한 능력을 가지고 있습니다."

"확실히 강해 보이는군요."

나는 망원경으로 몬스터의 외견을 확인하며 고개를 끄덕였다.

쥐며느리.

그것이 코드명 루비아이의 기본적인 형태다.

다만 쥐며느리라도 전장이 80미터에 달하는 쥐며느리다. 페넬 소령은 한숨과 함께 긴장된 목소리로 말했다.

"지구에 나타난 모든 생물 중에 가장 거대한 생물이라고 합니다. 대왕 고래는 말할 것도 없고, 다른 모든 곳에서 확인된 몬스터와 비교해도 가장 큽니다. 물론 순수한 생물은 아니지만요."

"그렇군요. 7세대라……."

7세대 몬스터라는 것은 앞서 지구에 여섯 번의 몬스터가 소환되었다는 것을 의미한다.

물론 앞서 소환된 몬스터는 전부 미군의 화력에 의해 제압되었다. 나는 망원경을 소령에게 돌려주며 물었다.

"왜 저건 여태까지 놔뒀습니까?"

"미군이 몬스터를 놔뒀을 리 있겠습니까? 이미 수차례 공격했습니다. 400대의 전차와 자주포를 동원해 포격했고, 120대의 폭격기를 동원해 폭탄을 퍼부었습니다. 다연장로켓은 물론이고, 나중엔 총 스무 발의 탄도미사일까지 화력을 집중했습니다. 하지만……."

"버텨내던가요?"

"애초에 맞추질 못했습니다."

소령은 고개를 저었다. 나는 루비아이의 주변에 자욱했던 폭격의 흔적을 떠올리며 물었다.

"맞추지 못하다니, 단 한 발도 말입니까? 저 거대한 걸?"

"직접 보셨으니 아시겠죠. 몸에 수백 개의 눈이 달려 있지 않습니까?"

정확히는 주먹만 한 크기의 붉은 돌이 온몸에 촘촘하게 박혀 있었다.

"후우……."

소령은 음영이 짙은 눈을 껌뻑거리며 한숨을 내쉬었다. 그리고 들고 있던 태블릿의 동영상을 재생했다.

"바로 그 눈알에서 외부의 모든 공격을 격추하는 빔이 발사됩니다. 위력도 절대적이고, 쉴 새 없이 연사도 가능합니다."

동시에 동영상의 거대한 쥐며느리가 온몸에서 붉은 광선을 가시처럼 쏘아대기 시작했다.

음소거가 되어 있어 소리는 들리지 않았다. 분명 당시엔 엄청난 폭음이 천지에 진동했을 것이다.

나는 화면을 터치해서 동영상을 멈추며 말했다.

"이래서 코드네임이 루비아이군요. 저 붉은 광선은 오직 방어용입니까? 아니면 접근한 전차나 보병도 공격합니까?"

"물론 공격합니다. 직격을 맞은 전차는 대부분 반파되었습니다. 보병은 접근 자체를 안 시켰지만, 분명 맞으면 한 방에 즉사하겠죠."

"그렇군요. 그런데 반파라고 했습니까?"

"네. 완파된 전차는 세 대뿐입니다. 광선을 두세 발 이상 맞고 폭발을 일으켰습니다."

소령은 그렇게 말하며 다른 영상을 틀려 했다. 나는 손을 저으며 엄폐하고 있던 바위에서 몸을 일으켰다.

"그만 됐습니다. 이제 가서 처리하도록 하죠."

"네? 아니, 기다리십시오! 그전에 먼저 지원 포격을……."

"필요 없습니다."

나는 멀리 동쪽을 보며 시간을 가늠했다.

"지금부터… 5분 정도만 기다려 주십시오."

"5분요? 여기서 몬스터까지 거리만 3마일이 넘습니다. 당신은 3마일을 5분 안에 주파할 수 있단 말입니까?"

3마일이면 대충 5㎞ 정도다.

나는 한쪽 어깨를 으쓱이며 오러를 발동시켰다.

"아직 저에 대한 보고를 제대로 받지 않으셨나 보군요."

"그냥 초인이라고만… 물론 일본에서 활약하신 건 봤습니다. 하지만 그 녀석은 4세대 몬스터입니다. 루비아이는 7세대구요. 비교가 안 됩니다. 현재까지 전 세계에 소환된 7세대 몬스터 중에 제압 된 녀석은 한 마리도 없습니다."

"알겠습니다. 그럼 좀 더 서둘러야겠군요."

나는 그렇게 말한 다음, 곧바로 동쪽을 향해 달리기 시작했다.

"미스터 조, 기다리십시오!"

멀리 등 뒤에서 소령의 절규 같은 외침이 울려 퍼졌다.

그리고 몇 초 후, 정면에서 붉은색 광선이 무수히 쏟아졌다.

지이이이이이이이이잉!

나는 오러 실드를 전개하며 속도를 높였다.

'4㎞ 밖인데도 날 인식하는군. 탁월한 색적 능력이다.'

그 순간, 한 발의 광선이 오러 실드와 충돌했다.

파지지지지지지지직!

붉은 광선은 마치 떨어뜨린 샤프심처럼 박살 나며 사방으로 흩어졌다.

반면 오러 실드의 손실은 거의 제로였다.

예상했던 일이다.

한 방에 전차조차 파괴하지도 못하는 공격으로는 소드 마스터의 육체에 흠집조차 남길 수 없다.

그런데 그 순간, 갑자기 세상이 붉은색으로 물들었다.

파지이이이이이이이이잉!

동시에 전진이 멈췄다.

몸을 가리고 있던 오러 실드가 반파됐고, 발동시킨 오러도 약간 줄어들었다.

'뭐지?'

눈치를 챈 건 두 번째 포격이 날아온 순간이었다.

'광선을 한 점으로 모으고 있어!'

나는 반사적으로 몸을 옆으로 날렸다.

파지지지지지지지지징!

전철만큼 굵은 광선이 방금 전 내가 서 있던 장소를 관통하며 지나간다.

'이건 좀 강렬하군.'

몬스터와의 거리는 약 2㎞.

아직 육안으로는 몬스터의 형태가 조그만 실루엣으로밖에 안 보인다.

하지만 알 수 있었다.

적이 순간적으로 수백 개의 눈알을 한 점으로 집중시키는 타이밍을.

'지금이다.'

나는 다시 날아오는 거대한 광선을 피한 다음, 적을 향해 일직선으로 내달렸다.

'위력은 강하지만 결국 물리 병기다. 소드 마스터의 오러를 뚫을 정도는 아니야.'

그 순간, 갑자기 땅이 울리기 시작했다.

쿠구구구구구구구……

그것은 몬스터가 후퇴하는 소리였다. 나는 좀 더 속도를 높이며 적의 움직임을 주시했다.

바로 그때, 내가 1초 후에 도착할 방향으로 적의 광선이 집중되었다.

예측 사격.

하지만 피할 수 있었다.

나는 몸을 역동적으로 틀어 방향을 바꾼 다음 계속 전진을 거듭했다.

콰과과과과과과광!

순간 지면이 박살 나며 까맣게 탄 재와 흙먼지가 온 세상을 뒤덮었다.

물론 흙먼지가 퍼지는 속도보다 내가 달리는 속도가 더 빨랐지만.

'귀찮군. 여기서부터는 그냥 돌파한다.'

나는 다시 한 번 오러 실드를 전개하며 적과의 거리를 좁혔다.

파지이이이이이이이이이잉!

파지이이이이이이이이잉!

파지이이이이이이이잉!

거리가 1㎞ 안으로 좁혀질 때까지 몬스터는 총 세 번의 집중 포격을 감행했다.

두 번째 포격에서 오러 실드가 파괴되었다. 나는 여유 있게 새로운 실드를 전개하며 생각했다.

'포격이 거듭될수록 위력도 약해지는군. 출력에 한계가 있는 건가?'

그 순간, 몬스터의 주둥이로 추정되는 공간에서 괴성이 터졌다.

큐우우우우우우우우우우우우우!

고막이 울렸다.

일반인이었다면 고막이 터지며 청각에 큰 손상을 입었을 것이다.

쇼크로 죽었을지도 모른다.

하지만 소드 마스터는 이런 식의 음파 병기에 절대적인 내성을 가지고 있다.

나는 수많은 시행착오를 거쳤던 전생의 인류 저항군을 떠올리며 쓴웃음을 지었다.

그리고 눈앞의 적을 향해 돌진했다.

'1분쯤 걸렸나?'

5㎞를 주파하는 데 60초도 안 걸렸다.

나는 칼을 앞으로 내민 다음, 그 속도를 살려 적의 몸 안으로 돌진했다.

푸확!

몬스터의 껍질이 마치 부드러운 젤리처럼 쑥 들어갔다.

물론 몬스터가 약한 게 아니다. 내가 발동시킨 오러 소드가 날카로웠을 뿐.

적의 내부는 유기체와 기계가 융합된 끔찍한 혼종으로 꽉 채워져 있었다.

나는 그 모든 걸 단숨에 돌파하며, 적의 등 쪽을 뚫고 밖으로 뛰쳐나왔다.

푸화아아아아아악!

관통한 구멍으로 투명한 체액이 분수처럼 솟아오른다.

하지만 몬스터의 덩치는 너무도 거대했다.

녀석은 이 정도로는 끄떡도 없다는 듯, 몸 전체를 파도처럼 흐느적거리며 눈알의 방향을 집중했다.

내 쪽으로.

하지만 내가 약간 더 빨랐다.

'노바로스의 파도!'

나는 내가 관통한 구멍을 향해, 정령왕의 힘 중에 가장 강력한 화력을 쏟아부었다.

푸화아아아아아아아아아아아악!

불의 바다가 파도를 친다.

대부분은 몬스터의 표면을 따라 퍼졌지만, 일부는 내가 만든 구멍 속으로 쏟아지며 적의 내부에 작열했다.

동시에 모든 게 불타올랐다.

거대한 몬스터의 온몸이 불길로 덮이며, 표면에 빼곡하던 눈알이 폭죽처럼 맹렬하게 터지기 시작했다.

콰과과과과과과과광!

파바바바바바바바박!

후와아아아아아아악!

그사이, 나는 한참 뒤로 물러나 적의 폭사를 감상했다.

'내가 너무 과했나?'

노바로스의 파도는 남은 마력 전체를 소모해서 발동시키는 최강의 화염 마법이다.

나는 좀 더 뒤로 물러난 다음, 시공간의 주머니에 넣어놓은 스마트폰을 꺼내 전화를 걸었다.

"…아, 네. 레너드입니다. 방금 끝냈습니다. 뒤처리는 알아서 해주십시오. 그보다도 곧바로 다른 나라로 넘어갔으면 합니다. 네? 물론입니다. 다른 몬스터를 사냥하는 거 말고 제가 할 일이 뭐가 있겠습니까?"

나는 당황한 대통령의 목소리를 뒤로한 채, 주머니에서 마력 회복 포션을 꺼내 연속으로 들이켜기 시작했다.

'지구는 오로나 마력의 회복이 느리다. 그나마 마력은 포션 발로 빠르게 채울 수 있긴 한데… 앞으로는 좀 더 아껴가면서 잡아야겠군.'

아무래도 사전에 브리핑을 해준 페넬 소령의 두려움이 전염된 모양이다. 나는 완전히 정지한 몬스터를 바라보며 중얼거렸다.

"이 정도면 어스 드래곤보다 한 단계 약한 정도일까? 다음에는 오로만 가지고 한번 잡아봐야겠어……."

*   *   *

남미의 볼리비아, 상공 15㎞ 지점.

"약 3분 후면 예상 목표 지점에 도착합니다! 폭탄실의 문을 열 테니 대기하십시오!"

귀에 장착한 무전기에서 승무원의 목소리가 들렸다. 나는 무전기에 달린 마이크의 위치를 조절하며 대답했다.

"네. 대기 중입니다. 예정대로 실행해 주십시오."

"정말 괜찮겠습니까? 착탄 예정 지점의 오차는 약 3㎞입니다! 바람에 따라서는 더 먼 곳으로 떨어질 가능성도 있습니다!"

"상관없습니다. 걱정 말고 드랍해 주십시오."

나는 거대한 B-2폭격기의 폭탄실에 홀로 서 있었다. 승무원은 긴장과 흥분이 뒤섞인 목소리로 계속 소리쳤다.

"승리를 기원하겠습니다, 레너드 조! 볼리비아의 군사력으로는 현지에 출현한 7세대 몬스터를 절대 잡을 수 없습니다! 현지의 사상자가 3만 명을 넘었다고 합니다! 지금은 당신만이 희망입니다!"

"볼리비아뿐만 아니라, 전 세계에 출현한 몬스터들을 전부 사냥할 겁니다. 그보다도……."

나는 텅 빈 폭탄실을 잠시 둘러보다 물었다.

"몬스터를 사냥한 다음에는 예정대로 미국 대사관으로 가면 됩니까?"

"네! 현장에서 약 10마일 떨어진 지점에서 에스코트 요원의 차량이 대기 중입니다! 일단 대사관으로 이동한 다음에 그곳에서 비루비루까지 이동합니다!"

"비루비루?"

"국제공항의 이름입니다!"

"…그렇군요. 그런데 볼리비아는 미국과 사이가 나쁘지 않았습니까? 현지에서 트러블이 벌어지진 않겠죠?"

"문제없습니다! 볼리비아가 마약 거래로 블랙리스트에 오른 건 알고 계시죠!"

물론 모른다. 나는 잠자코 승무원의 이야기를 경청했다.

"바로 그 블랙리스트를 해제하는 조건으로 협상이 끝났습니다! 미국 현지처럼 편안하게 이동이 가능할 겁니다!"

아무래도 대통령이 말했던 '외교적 자원'을 소모해서 협상을 진행한 모양이다.

나는 쓴웃음과 함께 고개를 저으며 대답했다.

"자기네 영토에 출현한 골칫덩이를 대신 제거해 주는데도 대가를 요구하는군요. 어쨌든 잘 알겠습니다."

"네! 스텐바이 들어갑니다!"

그러고는 숫자를 10부터 거꾸로 세기 시작했다.

시작이다.

나는 오러를 발동시키며 가볍게 몸을 풀었다.

그리고 잠시 후, 폭격기의 폭탄실 문이 개방됐다.

나는 곧바로 지면을 향해 추락했다.

목표는 볼리비아의 수도인 라파즈의 외곽으로 60㎞쯤 떨어진 지점에 멈춰 있다.

나는 자료 영상으로 확인한 몬스터의 외형을 떠올리며 피식 웃었다.

히드라.

머리가 여러 개 달린, 드래곤과 비슷한 형태의 생물.

내가 웃은 이유는 총 일곱 개의 머리 중에 여섯 개가 전부 기계로 만들어져 있기 때문이었다.

'레빈슨은 왜 저런 몬스터를 만들어서 보내는 걸까?'

물론 실제로 만든 것은 레빈슨이 아니라 오비탈 차원의 다른 존재일 것이다. 나는 전생의 기억을 떠올리며 새로운 의문에 사로잡혔다.

'전생에 오비탈 차원은 귀환자와 로봇 부대만을 지구로 보냈다. 하지만 지금은 현지의 몬스터를 기계화시켜서 보내고 있다. 어째서지?'

물론 확보한 지구인이 전생보다 적기 때문일 것이다.

하지만 여기서 새로운 의문이 생겼다.

'전생도 지금과 마찬가지다. 레빈슨이 오비탈 차원으로 넘어가서 귀환자를 보냈을 테지.'

그런데 전생에도 지금처럼 레비그라스 차원으로 소환했던 지구인을 다시 오비탈 차원으로 끌고 간 걸까?'

하지만 그렇게 따지면 숫자의 문제가 생긴다.

전생에 지구로 귀환한 '오비탈' 차원의 귀환자는 총 114명이었으니까.

'너무 많아… 그리고 그들은 오라나 마법을 전혀 쓰지 못했다. 말 그대로 순수한 인간 더하기 기계였어.'

생각이 거기에 이르자 머릿속이 훨씬 복잡해졌다.

'이건 생각해 볼 문제다. 물론 지금이 아니라……'

나는 차가운 공기로 심호흡을 하며, 여전히 까마득하게 남은 지면과의 거리를 가늠했다.

지금의 나는 말 그대로 지구 전체를 좌지우지할 수 있을 만큼 압도적인 존재다.

하지만 그렇다고 동시에 여러 차원의 일을 한 번에 해결할 수는 없다. 나는 곧바로 맵온을 열며 마음속으로 검색어를 말했다.

'사이보그.'

그러자 맵온에 은색 점이 깜빡이기 시작했다.

오비탈 차원에서 온 모든 몬스터는 저마다의 종족에 더해 '사이보그'라는 공통된 종족값을 가지고 있다.

덕분에 낙하지점을 미리 알고 거리를 조정하는 게 가능했다. 나는 곧바로 오러 윙을 전개한 다음, 맵온의 은색 점과 나 자신을 일직선으로 맞추기 위해 방향을 조금씩 틀었다.

'이 녀석은 얼마나 강할까?'

낙후된 볼리비아군에겐 7세대 몬스터의 힘을 충분히 끌어

내는 것조차 무리였다.

자료 영상으로 확인할 수 있던 건 집중포화를 맞아도 끄떡
없는 내구력, 그리고 1㎞ 이상 뻗어나가던 화염 브레스뿐이었
다.

그리고 바로 그 순간.

푸화아아아아아악!

바로 그 화염이 지상으로부터 내 쪽으로 솟구쳐 올랐다.

'이 녀석도 색적이 빠르군.'

하지만 화염의 방출 속도가 느리다. 나는 오러의 날개를 틀
어 가볍게 화염을 피했다.

'화염 방사는 군사적 병기로 좋은 선택이 아니다. 효율이 나
쁘지. 그렇다면 이건 몬스터가 가진 고유한 기술일까? 아니면
사이보그가 되면서 얻은 능력일까?'

그와 동시에 총 여섯 가닥의 화염이 내 쪽을 향해 솟아올
랐다.

물론 멀리서 보니 가닥이다.

푸화아아아아아아아아아아아아악!

가까이서 보면 거대한 폭포 같은 기세다. 나는 오러 윙을
계속 조작하며 솟구치는 화염을 피해 이리저리 비행했다.

'열기가 굉장하군.'

그렇다고 발동시킨 오러가 소모될 정도는 아니었다. 나는
최종적으로 몸을 거꾸로 뒤집은 다음, 오러 실드로 몸을 가리

며 적의 중심부를 향해 일직선으로 추락했다.

잘하면 이 한 방으로 녀석을 끝장낼 수 있을 것이다.

*　　　　*　　　　*

결론부터 말하자면, 히드라를 죽이기 위해서는 총 일곱 개의 머리를 전부 잘라내야 했다.

녀석은 몸통이 수직으로 관통당한 이후에도 미친 듯이 날뛰며 사방으로 화염을 뿜어냈다.

수고스럽지만 하나씩 전부 잘라내고 파괴하는 수밖에 없었다.

그래봤자 1분도 안 걸렸지만…….

*　　　　*　　　　*

현재까지 전 세계에 남아 있는 몬스터의 숫자는 총 26마리다.

그중 20마리는 약소국의 군사력 부족, 혹은 출현한 장소의 난해함 등으로 처리하지 못한 3에서 6세대의 몬스터였다.

1에서 2세대의 몬스터는 이미 깨끗하게 정리됐다.

반면 여섯 마리의 7세대 몬스터는 국가의 힘과 상관없이 몬스터의 강력함으로 인해 제압을 못 한 경우였다.

"지금까지 확인된 7세대 몬스터는 모두 열 마리입니다. 그 중 두 마리는 중령님께서 제거하셨고, 다른 한 마리는 러시아군이 자국 내에서 처리했습니다."

"그렇군요. 그런데……."

나는 마주 보고 앉은 미군 국방부 소속 린치 대위를 향해 물었다.

"방금 저를 중령이라고 부르셨습니까?"

"네. 국방부는 당신을 미합중국의 중령 대우로 대접하기로 결정했습니다. 그리고 저는 앞으로 중령님의 모든 일정을 곁에서 전담하며 관리하고 보고를 맡았습니다. 다시 한 번 잘 부탁드립니다."

대위는 환하게 웃으며 오른손을 내밀었다. 나는 악수를 나누며 고개를 끄덕였다.

"저도 잘 부탁합니다. 한 번 일 끝낼 때마다 대통령과 직통 통화를 하려니 좀 부담이 되더군요. 자잘한 일은 대신 좀 처리해 주십시오."

"네. 대통령께서도 무척 부담되신 모양입니다. 아, 나쁜 뜻이 아니라 말 그대로 순수한 부담 말이죠. 중령님은 워낙 거물이시니까요. 피융!"

대위는 주먹을 위에서 아래로 내리꽂으며 입으로 효과음을 냈다.

"볼리비아에서 활약하신 건 영상으로 잘 봤습니다. 끝내주더군요. 다만 위성이 찍은 거라 안타까웠습니다. 그런 멋진 장면은 바로 옆에서 아이맥스 카메라로 촬영해서 대대로 남겨야 하는데 말입니다."

"이건 시작에 불과합니다."

나는 흥분한 대위를 차분한 얼굴로 바라보았다.

"앞으로 더 강력한 몬스터가 소환될 가능성이 높습니다. 촬영은 그때 가서 하면 되겠죠."

"그런… 정말입니까?"

30대로 보이는 대위는 마른침을 삼키며 숨을 들이켰다.

"하지만 중령님은 닷새 후에 다시 돌아가신다고 하지 않으셨습니까? 그… 레비그라스로?"

"네. 일단 돌아가서 재정비를 해야 합니다. 확인할 것도 있고요."

"그럼 그사이에 새로운 몬스터가 출몰하면 어떻게 합니까?"

"어느 정도는 대비를 해놓고 돌아갈 생각입니다."

나는 한쪽 어깨를 으쓱였다.

"그걸 위해서 이미 대통령께 건의를 넣었습니다. 몬스터 사냥이 다 끝날 쯤에는 결과가 나오겠군요."

"오… 그렇군요."

아무래도 그쪽 이야기는 보안 문제로 못 들은 모양이다.

대위는 헛기침을 하며 옆자리에 놓아둔 노트북을 무릎 위로 옮겼다.

"아무쪼록 충분한 대비가 되면 좋겠군요. 그보다도 지금은 당장 제가 할 일을 해야겠죠. 상부의 회의 결과……."

대위는 노트북의 화면을 내 쪽으로 돌리며 말했다.

"정상적인 루트로는 5일 안에 26마리의 몬스터를 전부 사냥하는 것이 불가능하다는 결론이 나왔습니다. 아무리 중령님이 5분마다 한 마리씩 사냥을 해도, 이동 경로와 외교적인 절차를 감안하면 물리적으로 최소 11일이 소요됩니다."

화면에 출력된 건 수십 개의 붉은 점이 깜빡이는 세계지도였다.

나는 붉은 점의 위치를 파악하며 물었다.

"이 점들이 몬스터의 위치입니까?"

"네. 그리고 이것이 7세대 몬스터입니다."

대위는 키보드를 조작해 화면의 붉은 점을 여섯 개로 줄였다.

"중령님께서는 이 여섯 마리의 7세대 몬스터를 우선적으로 사냥하시면 됩니다. 나머지 스무 마리는 저희 미군이 각지로 파견되어 토벌할 계획입니다."

"그렇군요."

나는 고개를 끄덕이며 말했다.

"6세대 이전까지는 미군의 화력으로 충분히 제압이 가능할 겁니다. 지금까지 내버려 둔 건 지정학적인 문제가 크겠죠?"

"네. 대부분 미국과 동맹국이 함부로 진입하기 어려운 지역입니다. 하지만 최근에 범군사적인 협정을 맺어 군대가 진입하는 것이 가능해졌습니다. 중령님께서는 걱정 말고 7세대 몬스터의 제거에 전력을 기울여 주시기 바랍니다."

그것은 합리적인 선택이었다.

나는 지도에 남은 붉은 점을 보며 잠시 생각하다 말했다.

"하지만 병사들의 희생이 따를 겁니다. 여기 여섯 마리의 몬스터를 사냥한 다음에도, 남은 시간 동안 제가 사냥할 수 있는 다른 몬스터의 경로를 미리 계산해 주시기 바랍니다."

"과연……"

대위는 감격한 얼굴로 고개를 끄덕였다.

"알겠습니다. 역시 영웅이시군요."

"네?"

"중령님은 이미 인류의 영웅입니다."

대위는 기다렸다는 듯이 노트북으로 동영상을 틀었다.

그것은 전 세계 각지에서 집회를 열고 환호하는 시민들의 모습을 모아놓은 영상이었다.

"이미 전 세계에 중령님을 모르는 사람은 아무도 없습니다. 정작 본인은 1분이 멀다 하고 하늘 위를 날고 계셔서 잘 모르시겠지만 말입니다."

실제로 지금 이 순간에도 태평양을 가로지르는 군 수송기 안에 타고 있었다. 나는 5분 정도 이어지는 영상을 멍하니 보다 쓴웃음을 지었다.

"사람들이 난리가 났군요."

"네. 완전 난리가 났습니다. 몬스터와 귀환자의 침공에 대항할 인류의 영웅 레너드! 이미 유명 가수들이 노래도 발표해서 빌보드 차트 상위권을 찍고 있습니다. 뮤직비디오가 있으니 한번 들어보시겠습니까?"

"아니, 괜찮습니다."

나는 고개를 저으며 정중히 거절했다.

"그보다는 다른 7세대 몬스터에 대한 정보를 알고 싶습니다. 그리고 중국에 출현했다는 또 다른 귀환자도 말입니다."

"네, 알겠습니다."

대위는 곧바로 업무 모드로 돌변하며 노트북 화면을 전환했다.

"이자가 바로 슌치엔, 지구로 돌아온 두 번째 귀환자입니다."

"슌치엔… 이군요."

나는 입술을 가볍게 씹으며 악몽을 떠올렸다.

소드 마스터 슌치엔.

전생에는 인류를 멸망으로 몰고 간 주범 중에 하나였다.

하지만 지금은 녹색의 오러를 반짝이며 기괴한 형태의 사이보그로 변해 있었다.

'앞으로 10년 후면 이자도 소드 마스터가 됐을 텐데, 레빈슨이 마음이 급했나 보군.'

물론 회귀라도 하지 않는 이상 알 수 없는 정보다. 그가 볼 수 있는 미래는 5분뿐이었고, 그것도 자기 자신에게 한정된 정보일 뿐이다.

"현재 중화인민공화국 정부와 마지막 협상 중입니다. 앞으로 사나흘 후면 협상이 완료될 테니… 그 전에 다른 지역의 몬스터를 사냥할 루트를 잡아놓았습니다."

대위는 세계지도의 붉은 점을 검은 선으로 하나씩 연결했다. 그러고는 갑자기 헛기침을 하며 내게 물었다.

"그런데 중령님, 혹시 이걸 보셨습니까?"

"뭘 말입니까?"

"지금 영상 사이트에서 2억 뷰를 찍은 영상인데… 일단 한 번 보시면 좋을 것 같습니다."

그러고는 곧바로 어떤 영상을 틀었다.

영상에는 두 명의 남녀가 서로의 손을 꼭 붙잡고 이야기를 하고 있었다.

"아……."

동시에 내 입에서 신음이 흘러나왔다.

부모님.

레너드의 부모님이 영상으로 이야기를 하고 있었다.

두 사람은 몇 년 전에 실종된 자식에 대한 걱정과 갑자기 돌아와 몬스터를 사냥하고 있는 자식에 대한 대견함을 담담하게 털어놓고 있었다.

눈물을 흘리면서.

하지만 그들은 내 부모님이 아니다.

내 부모님은 이미 전생에 오래전에 돌아가셨다.

그리고 현생에는 나와 전혀 상관없는 대학생 문주한과 함께 평범하지만 행복한 인생을 살고 있을 것이다.

그런데도 나는 눈물을 흘리고 있었다.

여러 가지 감정이 복합적으로 밀려왔다.

그것은 육체의 주인인 레너드에게 각인된 감정이었고, 동시에 영혼의 주인인 내가 감화되어 느끼는 동질감이기도 했다.

"크윽… 역시 중령님도 사람이셨군요."

대위는 눈물과 콧물을 동시에 훔치며 울먹거렸다.

"사실 저는 피도 눈물도 없는… 오직 지구를 위해 싸우는 전투 기계 같은 분이 아닐까 생각했습니다. 물론 그래도 좋았지만요. 하지만 지금은 더 좋아진 것 같습니다."

"…대위."

나는 흐르는 눈물을 가볍게 훔쳐내며 말했다.

"혹시 대통령에게 연락이 되면 곧바로 저희 부모님을 안전한 곳에 모셔 안전을 확보해 달라고 부탁해 주십시오."

"네! 알겠습니다."

대위는 코를 훌쩍거리며 경례를 붙였다. 나는 화면 속의 부부를 바라보며 가슴속이 아릿해지는 것을 느꼈다.

나는 사흘 만에 전 세계를 횡단하며 여섯 마리의 7세대 몬스터를 전부 사냥했다.

그중 가장 까다로웠던 것은 필리핀에 소환된 '롱 베어'란 코드네임의 몬스터였다.

롱 베어는 이름 그대로 다리가 매우 긴 곰과 같은 형태를 가지고 있었다.

물론 진짜 곰과 비교하면 곰에게 실례일 것이다. 롱 베어는 다리가 여섯 개 달려 있고, 전장이 40미터에 달했으며, 거미처럼 여러 개의 겹눈을 달고 있었으니까.

그저 얼굴 형태만이 정말 잘 봐줘서 곰을 닮은 정도다.

녀석은 자신을 중심으로 약 10㎞ 내에 모든 전자 기기를 교란하고 파괴하는 전자기 펄스장을 전개했다.

펄스장은 동시에 자신의 형태를 굴절시켜 보여주는 왜곡장의 역할까지 담당했다. 그 탓에 녀석의 진짜 위치를 확인하기 위해 몇 차례나 허탕을 쳤다.

30초면 잡을 것을, 이곳저곳을 헤매며 3분이나 낭비하게 만들었다.

"미군의 전투 헬기가 중국의 영토 위를 날다니……."

린치 대위는 헬기에서 내리며 감개무량한 얼굴로 주변을 살폈다.

우리가 서 있는 곳은 중국의 남 중앙에 위치한 수려한 경관의 관광지였다. 대위는 사방에 쫙 깔린 중국군을 힐끔 쳐다보며 낮은 목소리로 말했다.

"이미 교섭은 전부 끝났으니 저쪽과 이야기할 필요는 없습니다."

"이쪽 관계자는 나오지 않는 겁니까?"

"저희들은 공식적으로 여기 온 적이 없는 사람들이니까요. 중령님이 공식적으로 중국을 방문하는 것은 이 다음 코스부터입니다. 그때는 북경에서 환영 퍼레이드를 열어준다고 하는군요."

"그렇군요."

나는 장엄한 풍경을 살피며 고개를 끄덕였다.

이곳에서의 볼일을 마친 다음, 나는 곧바로 북경으로 날아가 북경 인근을 초토화시킨 7세대 몬스터를 잡기로 예정되어 있다.

"이미 자료 화면을 보여 드렸지만, 북경에 나타난 몬스터는 미국에 나타났던 몬스터와 거의 일치합니다. 분명 큰 문제없이 사냥하실 수 있을 겁니다."

대위는 나 대신 자신 있게 장담하며 말했다.

"그리고 중국 정부는 이 주변에 거주하는 모든 주민들을 다른 곳으로 대피시켰습니다. 만약 남아 있는 주민이 있다면 그 사람은 정부의 뜻을 거역했으니… 신경 쓰지 말고 무시하라고 합니다."

"그것참……."

나는 한동안 단어를 고르다 코웃음을 쳤다.

"짜증 나는 이야기군요."

"동감입니다. 그럼 전 여기서 기다리고 있겠습니다. 이번에는 얼마나 걸릴까요?"

대위가 물었다. 나는 맵온을 열고 잠시 생각하다 대답했다.

"30분… 아니, 한 시간 넘게 걸릴 수도 있겠군요."

*　　　　*　　　　*

두 번째 귀환자인 슌치엔이 처음 돌아온 곳은 중국의 산둥 지방이었다.

그는 자신의 앞에 보이는 모든 인간을 학살하며 끊임없이 서쪽으로 전진했다.

그러다 중국군이 미리 전개해 놓은 거대한 포위망에 갇혔고, 곧바로 반경 2㎞를 초토화시키는 광범위한 집중포화를 뒤집어썼다.

그것은 전생의 인류 저항군이 귀환자를 상대로 자주 사용하던 작전과 매우 흡사했다.

낭비되는 화력이 엄청나다는 게 단점이지만, 기동력이 뛰어난 귀환자를 가장 확실하게 제압할 수 있는 방법이기도 하다.

문제는 그것이 1단계 소드 익스퍼트까지만 통하는 방법이라는 것.

물론 현 시점의 슌치엔은 바로 그 1단계 소드 익스퍼트다.

하지만 그의 육체는 사이보그로 개조되어 있었다. 종합적으로는 2단계 소드 익스퍼트 중에서도 꽤나 상급인 기본 스텟을 가지고 있을 것이다.

'첫 번째 귀환자인 슈지가 그랬으니까, 이번에도 비슷하겠지.'

슈지는 결국 포위망을 돌파한 다음, 계속해서 서쪽으로 이동하여 결국 내가 서 있는 이곳으로 숨어들었다.

장가계.

전생에는 이런 곳이 있는 줄도 몰랐다.

어쨌든 중국에서 꽤나 유명한 관광지라고 한다. 나는 수려한 풍광을 감상하며 빠른 속도로 산속을 질주했다.

멋진 산.

날카로운 절벽.

자욱한 안개.

그렇게 얼마나 들어갔을까, 나는 맵온에 보이는 은색 점을 확인하며 마른침을 삼켰다.

'제거하는 건 어렵지 않겠지만……'

문제는 인간이다.

나는 맵온에서 '인간'을 검색했다. 그러자 처음 도착했을 때와 마찬가지로, 은색 점이 있던 바로 그 장소에 열 개의 붉은 점이 깜빡였다.

'인질일까?'

아마도 그럴 것이다.

하지만 중국 정부를 상대로 인질은 안 통한다.

만약 슌치엔이 그것을 알고도 인질을 잡은 거라면, 결국 목표는 귀환자를 사냥하는 특별한 존재라고 할 수 있을 것이다.

'나라고 인질이 통할 것 같나?'

나는 한숨을 내쉬며 걸음을 옮겼다.

그렇게 깎아지른 듯한 절벽에 난 좁은 길을 돌아 안쪽으로 들어가자, 수풀이 무성한 좁은 평지가 모습을 드러냈다.

슌치엔은 그곳에 있었다.

"역시 내가 있는 곳을 찾았군."

그는 입을 열며 탁한 기계음을 쏟아냈다.

"며칠 전에 슈지가 보낸 데이터를 수신했다. 문주한이 지구로 돌아왔고… 그는 우리들을 찾아낼 능력을 가지고 있다고 하더군."

불쾌한 음성과는 달리 말투는 정상적으로 들린다.

나는 눈을 가늘게 뜨며 슈지의 뒤쪽에 모여 있는 인간들을 주시했다.

'확실히 인질이군.'

슈지의 몸으로부터 뻗어 나온 가느다란 와이어가 인간들의 목을 휘감고 있었다.

"움직이지 마. 안 그러면 인질을 죽이겠다."

슌치엔은 경고했다. 나는 무표정한 얼굴로 되물었다.

"내게 인질이 통할 거라고 생각하나?"

"아니. 안 통하겠지. 인질로 내 목숨을 구걸할 생각은 없다."

슌치엔은 인질 중에 가장 왼쪽에 쓰러져 있는 젊은 여성의 목을 강하게 조르며 말했다.

"내가 원하는 건 시간이다."

"시간?"

"그래. 대화를 할 시간. 소드 마스터인 네가 손 한 번 까딱하면 내 몸은 썩은 두부처럼 뭉개질 테니까."

아무리 봐도 정상처럼 보인다. 나는 한 발 뒤로 물러나며 물었다.

"슌치엔, 혹시 세뇌에서 풀렸나?"

"그래."

그는 고개를 끄덕였다. 나는 눈을 부릅뜨며 소리쳤다.

"정말인가? 그럼 곧바로 인질을 해방하고 이쪽으로 와라! 절대 해를 끼치지 않겠다! 내가 장담하고 안전을 보장할 테니

안심해도 좋아!"

"미안하지만 그럴 수가 없어."

슌치엔은 육체를 형성하고 있는 수천 개의 가느다란 와이어를 흐느적거리며 고개를 저었다.

"세뇌는 분명히 풀렸다. 그 빌어먹을 레비의 신관들이 걸었던 세뇌는."

"그런데?"

"하지만 난 여전히 내 몸의 주인이 아니야. 맘대로 할 수 있는 건 5%도 안 된다."

"뭐?"

"지금 내 몸이 인간처럼 보이나? 큭큭……."

슌치엔은 자조적으로 웃었다.

나는 당장에라도 죽을 것 같은 인질들을 살피며 입술을 깨물었다.

'기계화가 된 것 때문에 육체의 컨트롤을 잃은 건가?'

"심장과 소화기를 제외한 모든 게 기계로 변했다. 아, 물론 두뇌도. 이 꼴을 하고도 오러를 발동시킬 수 있는 게 대단하군."

"그럼 지금 널 움직이는 건 뭐지?"

"코드(Code)다. 기계 육체에 프로그램된 암호에 따라 자동으로 움직일 뿐이야."

"목표는?"

"목표는 혼란이다. 이 육체 주어진 임무는 오직 지구에 큰 혼란을 일으키는 것뿐이야."

"인류의 멸망이 아니라?"

"그건 레비그라스 놈들이 내게 심어놓은 저주였지."

슌치엔은 온몸을 바들거리며 떨기 시작했다.

"그 저주는 내 스스로 풀어냈다. 마음의 저주니까 의지로 풀 수 있었지. 하지만 이 육체는… 더 이상 맞서 싸울 게 없다. 그러니까 문주한, 네게 부탁이 있다."

"부탁?"

"날 죽여라."

그는 마치 베어달라는 듯 목을 길게 뽑았다.

"지금 내가 컨트롤할 수 있는 건 이 모가지 윗부분뿐이야. 내가 저 인질들을 죽이기 전에 날 죽여라."

"잠깐, 인질은 너 스스로 잡은 게 아닌가?"

"죽이려고 잡은 게 아니야. 너와 이야기할 시간을 벌기 위해 잡은 거지. 하지만 일단 잡은 이상… 무사히 풀어주는 건 불가능해. 그건 내 육체의 소관이니까. 이 빌어먹은 기계 몸은……."

슌치엔은 지긋지긋하다는 눈으로 자신의 몸을 노려보았다.

"세상에 혼란을 가져올 행위만 따른다. 그와 반대되는 일은 절대 듣지 않아."

"일단 저질러 놓고 뒷 책임을 내게 맡긴 건가?"

"그래. 재수 없는 놈이지?"

슌치엔은 피식 웃으며 말했다.

"어쨌든 죽여라. 아, 그전에 중요한 사실을 짧게 알려주지. 귓구멍 열고 잘 들어. 유메라 크루이거라는 할망구도 나처럼 됐다."

"뭐?"

"뭐 하는 사람인지는 몰라. 아무튼 높은 인간이고, 엄청난 마법사다. 그 할망구가 레빈슨과 손을 잡고 우리들을 지구로 보내고 있다."

그것은 어느 정도 예측했던 이야기다.

하지만 황태후가 자신의 육체를 기계로 바꿨다는 것은 예상 밖의 이야기였다. 나는 마른침을 삼키며 상대를 재촉했다.

"슌치엔, 좀 더 자세히 말해줄 수 있나?"

"슌이라고 불러."

"뭐?"

"슌이라고 부르라고. 아무튼 내가 아는 건 별로 많지 않다. 그냥 아는 대로 말할 뿐이지. 아무튼 그 할망구가 그렇게 됐고, 우리 모두 오비탈이라는 차원에서 강제로 훈련을 받고 있다. 그전까지처럼 오로나 마력의 수련이 아니다. 새로 얻은 기계 육체에 익숙해지고, 활용법을 연마하는 그런 훈련이지."

"숫자는?"

"숫자?"

"오비탈로 넘어가서 사이보그가 된 지구인의 숫자 말이다."

"아… 열 명이다. 이제 여덟 명이 되겠지. 슈지와 날 빼면. 그보다도 더 중요한 이야기가 있다. 놈들의 본거지는 아직 레비그라스에 있어."

"본거지? 비밀 거점 말인가?"

"그래. 칼날 산맥의 바람 계곡 안에 있다. 내가 아는 건 그것뿐이야. 실제로 이동한 건 텔레포트 게이트로 해서 정확히 어디 있는지는 모른다. 거기 세뇌 신관이 전부 숨어 있다. 열 명의 친구들도 남아 있지. 꼭 찾아서 해방시켜라."

그렇게 말한 다음, 슌은 눈을 질끈 감았다.

하지만 난 여기서 이대로 끝낼 수 없었다. 나는 칼을 뽑아 들며 마지막으로 물었다.

"슌, 방금 전에 맘대로 움직일 수 있는 건 5%뿐이라고 했지?"

"…그래. 그러니까 빨리 끝내."

"그 5%는 어디지?"

"어디긴 어디야. 이 나불대는 주둥이랑 얼굴이지."

"머리란 말인가?"

"아마도."

그 순간, 나는 오러와 노바로스의 힘을 동시에 발동시켰다.

그리고 전력으로 돌진했다. 내가 낼 수 있는 가장 빠른 속도로.

슌은 내 속도에 전혀 반응하지 못했다.

정확히는 그의 기계 육체가 반응하지 못했다고 해야 할 것이다. 나는 그야말로 전광석화로 그의 목을 베어 날렸다.

파직!

동시에 인간들의 목을 감고 있는 열 개의 와이어를 절단했다. 슌의 육체는 그제야 적대적으로 반응하며 내 쪽을 향해 새로운 와이어를 뿜어냈다.

하지만 내가 좀 더 빨랐다.

콰직!

나는 왼손으로 녀석의 옆구리를 '구겨' 쥐었다. 그리고 단숨에 반대편에 있는 절벽 아래로 집어 던졌다.

키기기기기기기기긱!

머리를 잃은 기계는 기괴한 소리를 내며 하릴없이 날아갔다. 나는 지면을 박차며 녀석을 향해 몸을 날린 다음, 순식간에 스무 번이 넘는 칼질을 퍼부었다.

녀석은 조각조각으로 분해되어 절벽 아래로 추락했다.

나는 오러 윙을 발동시켜 다시 절벽 위로 날아 돌아왔다. 그곳에는 반쯤 기절한 열 명의 인간과 기계가 된 육체로부터 해방된 슌의 머리통만 덜렁 남아 있었다.

나는 슌의 머리를 집어 들며 물었다.

"아직 살아 있나?"

"…그래."

슌은 어처구니없다는 얼굴로 대답했다.

"하지만 곧 죽을 테지. 에너지를 공급하는 기관은 대부분 몸통에 붙어 있었으니까."

"머리에는 뭔가 남은 게 없나?"

"내 두뇌를 빼고?"

슌은 허탈하게 웃으며 말했다.

"보조 기관이 몇 개 있다. 당분간은 뇌가 죽지 않도록 자체적으로 순환계를 돌리겠지. 하지만 장기적인 에너지 공급이 없으면 결국 멈춘다. 압축된 스케라는 몸통에 저장되어 있었으니까."

"스케라?"

그러고 보니 기계화된 몬스터나 귀환자에겐 '스케라'라는 새로운 스텟이 있었다.

하지만 지금은 그걸 알아볼 때가 아니다. 나는 곧바로 시공간의 주머니를 꺼내며 말했다.

"자세한 이야기는 나중에 하자. 일단 여기 들어가지면 좋겠군."

"이게 뭐지?"

"시공간의 주머니다. 정상적이면 생물을 들어갈 수 없지만……."

나는 주머니를 열고 시험 삼아 슌의 머리를 집어넣었다.

다행히 머리는 별다른 저항 없이 주머니 속으로 들어갔다.

나는 10초 정도 그대로 있다가 다시 머리통을 밖으로 끄집어 내며 말했다.

"방금 기분이 어땠지?"

"…멈췄다."

"뭐?"

"멈춘 듯한 기분이었다. 대체 뭐지? 무슨 냉동 수면 비슷한 장치인가?"

"냉동 수면이라, 어쩌면 비슷할지도 모르겠군."

나는 과거에 주머니 속에 들어가 있던 스텔라를 떠올리며 고개를 끄덕였다.

"어쨌든 죽진 않는 것 같군. 육체가 없이 뇌만 남아 있어서 그런가?"

"대체 무슨 소리인지……"

"자세한 건 나중에 말해주겠다. 당분간은 이 속에 들어가 있어. 네 머리통을 들고 돌아가면 이야기가 복잡해질 테니까. 중요한 이야기는 레비그라스에 돌아가서 하는 게 좋겠다."

"좋아."

슌은 기계로 된 눈꺼풀을 깜빡이며 즉답했다.

"레비그라스는 지긋지긋한 곳이지만, 어쩌면 나도 다시 살 수 있을지도 모르겠군."

"뭔가 방법이 있나?"

"좀 전에 말한 바람 계곡의 본거지에 '사이보그팩'이라는 물건이 있다."

그것은 귀에 익숙한 이름이었다. 슌은 유리구슬 같은 눈알을 번뜩이며 광기 어린 표정을 지었다.

"레빈슨이 몇 달 전에 레비그라스로 가져왔다. 정상적인 육체에 부착하면 나처럼 '잠식'당하지만… 손상된 육체에 사용하면 의수나 의족처럼 컨트롤할 수 있는 형태로 변한다더군."

"맞아. 그런 물건이지."

나는 고개를 끄덕이며 전생의 기억을 떠올렸다.

당장 박 소위만 해도 그 사이보그팩의 수혜를 입은 인간 중 하나였다. 오비탈 차원의 귀환자들을 자신들의 보급 물자로 대량의 사이보그팩을 가지고 지구로 돌아왔던 것이다.

"어쨌든 넌 생각보다 많은 정보를 가지고 있어. 분명 도움이 될 거다. 수고스럽겠지만 잠시만 잠들어 있어라."

나는 슌의 머리를 다시 주머니의 입구로 가져갔다. 슌은 마치 마지막으로 새기려는 듯, 눈알을 이리저리 굴리며 아름다운 장가계의 풍경을 바라보았다.

"네 마음대로 해라, 문주한. 그 찢어 죽여도 시원치 않은 레빈슨만 잡을 수 있다면… 내 머리통으로 국을 끓여 먹어도 행복할 테니까."

• 89장 •
씨앗을 심다

인간의 뇌가 들어 있는 로봇 머리.

그것은 말 그대로 예상 못 한 수확이었다.

*   *   *

마지막으로 북경시 외곽에 나타난 7세대 몬스터를 제거한 나는, 곧장 미국 정부가 대기시켜 놓은 수송기를 타고 러시아로 이동했다.

"러시아는 현재 세 마리의 6세대 몬스터가 살아 있습니다. 중령님의 마지막 여정에 딱 어울릴 거라 생각합니다."

린치 대위는 러시아 각지에서 확인된 몬스터의 자료사진을 보여주었다. 나는 한동안 노트북 화면을 들여다보다 물었다.

"러시아는 7세대 몬스터를 직접 제거하지 않았습니까? 왜 이 녀석들은 퇴치하지 못한 거죠?"

"지정학적인 문제 때문입니다. 7세대 몬스터는 모스크바 인근에 출몰했기 때문에 러시아의 주력군이 모든 역량을 집중할 수 있었습니다. 하지만……."

대위는 화면에 러시아 지도를 떠올리며 말했다.

"이 세 마리는 대부분 시베리아 지역에 출몰했습니다. 대병력을 이동시키는 게 까다로운 지형이죠. 거기에 러시아는 나토(NATO)와의 갈등으로 병력을 함부로 이동시킬 수가 없습니다."

나는 지도상에 표시된 러시아 주력군의 분포를 살피며 쓴웃음을 지었다.

"이 와중에 쓸데없는 것에 집착하는군요. 다른 차원의 몬스터가 출몰하는 상황에… 서방국들이 러시아를 침공할 가능성이 있겠습니까?"

"없다, 라고 잘라 말할 수는 없습니다."

대위는 어깨를 으쓱이며 웃었다.

"국제 정세란 언제 어떻게 변할지 모르니까요."

그것은 반대로 말하면, 아직 러시아 같은 국가들이 외부의 충격으로부터 견딜 만하다는 것을 의미한다.

　지구는 정말 넓다.

　때문에 아무리 거대한 몬스터가 출몰한다 해도, 특별히 이동하지 않는다면 내버려 둬도 딱히 문제될 건 없다.

　하지만 귀환자는 다르다.

　그들은 적극적으로 대도시를 순회하며 인류를 학살한다.

　지금은 귀환자보다 몬스터의 침공이 많아서 그렇지, 원래 역사대로 흘러갔다면 중국이고 러시아고 진즉에 전면적인 협력 모드로 바뀌었을 것이다.

　'하지만 역사가 변했다. 그렇다면 당연히 대응도 달라져야 해.'

　나는 심호흡을 하며 생각에 잠겼다.

　중요한 건 지금부터다.

　러시아에서 사냥이 끝나면 나는 중대한 결단과 함께 특별한 인간들과의 협상을 시작해야 했다.

＊　　　＊　　　＊

　―보안 문제상, 여러분과 함께 자리할 수 없다는 것에 깊은 유감을 표합니다.

　대형 노트북의 화면에 나타난 미국 대통령은 먼저 모두에게 사과부터 했다.

—하지만 저는 이 자리의 주역이 아닙니다. 여러분들을 한 자리에 모은 파티의 관리인일 뿐이죠. 파티의 주최자는 여기 있는 이 젊은 청년입니다. 방금 전에 러시아의 오지를 돌며 세 마리의 몬스터를 처리하고 돌아왔습니다. 여러분, 인류의 영웅인 레너드 조입니다!

대통령은 마치 옆에 서 있기라도 한 듯 나를 소개했다. 나는 웃음이 나오려는 것을 참으며 고개를 끄덕였다.

"만나서 반갑습니다. 방금 소개받은… 레너드입니다."

문주한이라는 이름이 목구멍까지 올라왔다가 들어갔다. 나는 넓은 테이블에 둘러앉은 스무 명의 사람을 둘러보았다.

개중에는 생각보다 젊은 사람도 있었다.

하지만 절반 이상이 60대 이상의 노령자였다. 나는 두려움과 호기심이 공존하는 사람들을 바라보며 본론을 꺼냈다.

"먼저 다들 아시는 대로, 지구는 몇 달 전부터 다른 차원의 공격을 받기 시작했습니다. 아직까지는 인류가 쌓아놓은 군사력으로 대처가 가능한 수준이지만, 앞으로는 점점 더 까다로운 적들이 몰려올 거라 확신합니다."

사람들 사이에서 웅성거림과 한숨이 새어 나왔다. 나는 그중에 유난히 눈빛을 반짝이는 노인을 마주 보며 말했다.

"그리고 여러분들은 대통령께서 제 부탁으로 선별해 주신 특별한 재력가입니다. 모두 궁금하시겠죠. 제가 어째서 여러분들을 이렇게 한자리에 모았는지."

그러자 바로 그 노인이 손을 들었다.

"킴 바풋이요. 혹시 질문이 허용되나?"

"네. 얼마든지 하셔도 됩니다."

나는 이 회의장을 강압적인 분위기로 끌고 갈 생각이 없었다. 바풋은 곧바로 의자에서 일어나며 질문했다.

"우리들을 이 자리에 모은 이유를 듣기 전에, 먼저 당신에게 확답을 듣고 싶은 게 있소. 당신은 정말 인간인가? 혹시 레너드 조라는 인간의 몸을 탈취한 다른 차원의 사이보그나 안드로이드가 아닌가?"

나는 가슴이 덜컹 내려앉는 것을 느꼈다.

물론 나는 사이보그나 안드로이드가 아니다.

하지만 레너드의 몸을 탈취했다는 것은 사실이다. 나는 정신력을 집중하며 태연하게 고개를 저었다.

"아닙니다. 저는 레너드고, 인간입니다. 증명을 원하시면 CT라도 찍어서 보여 드릴까요?"

"하지만 인간은 물리적으로 그런 힘을 낼 수 없소. 다른 귀환자는 몸이 기계로 변해 있었지. 하지만……"

바풋은 어쩔 수 없다는 듯 한숨을 내쉬며 자리에 앉았다.

"여긴 그걸 증명하기 위한 자리가 아니겠지. 일단 확답해 줘서 감사하네."

킴 바풋은 세계에서 가장 유명한 투자자이자 기업가 중 한 명이었다.

나는 그의 개인 재산이 700억 달러가 넘는다는 것을 떠올리며 쓴웃음을 지었다.

"저는 한 가지 제안을 하기 위해 여러분들을 이 자리에 모았습니다. 본인들 스스로도 느끼고 계시겠지만, 여러분들은 세계에서 가장 중요한 스무 명이라 할 수 있습니다."

그러자 멋들어진 정장을 입고 있는 아랍인이 웃으며 고개를 저었다.

"말은 좋군. 하지만 결국 세계 재산 보유 순위로 위에서 스무 명 아닌가?"

"꼭 그렇진 않습니다. 추가로 보유한 권력과 자원, 국제적 명성, 보유한 기업의 특수성과 가치를 고려했습니다. 물론 제가 고려한 건 아닙니다. 여기 계신 미합중국의 대통령께서 뽑아주셨습니다."

순간 모니터에 떠 있는 대통령의 얼굴이 움찔했다. 나는 신경 쓰지 않고 한쪽 어깨를 으쓱였다.

"저나 여러분이나 시간이 부족한 사람들이니 본론부터 말하겠습니다. 앞으로 계속될 다른 차원의 공격에 대비하기 위해 특별 전담 기구를 만들 계획입니다. 그리고 여러분들이 그 기구의 핵심 멤버입니다."

"결국 돈을 내놓으라, 이건가?"

바풋이 눈살을 찌푸리며 말했다.

"그래, 내놓아야지. 나도 이런 와중에 돈을 아낄 생각은 없네. 하지만 이런 식으로 비밀스럽게 하는 건 좋지 않아. 당당하게 발표해서 전 세계에 알리는 게 어떤가? 그러면 우리가 질 부담도 줄어들고, 모두가 힘을 합쳐 빠른 결과를 이끌어낼 수 있을 걸세."

"그건 안 됩니다."

나는 즉시 고개를 저었다.

"저는 여러분들의 부담이 줄어들길 바라지 않습니다. 여러분들은 최대한 많은 자원을 이 프로젝트에 쏟아내 주셔야 합니다."

"이건 그냥 날강도잖아!"

그러자 여든이 다 되가는 노인이 거친 숨을 식식대며 소리쳤다.

"그래서 안 내놓으면 죽이겠다, 이거냐? 어디 한번 해보시지? 어차피 얼마 남지도 않은 인생, '인류의 영웅'의 손에 죽는 것도 나쁘지 않을 테니까 말이야."

노인은 멕시코 최대 통신 회사의 회장이자, 멕시코 전체의 유통권을 휘어잡고 있는 리카르도 벨라였다.

벨라의 개인 재산은 약 550억 달러라고 추정된다.

하지만 그가 보유한 다양한 기업과 수치화 안 된 자산을 더하면 천억 달러는 가뿐히 넘어간다고 한다.

나는 미리 들은 갑부들의 정보를 머릿속에서 새기며 고개를 저었다.

"벨라 회장님, 제가 왜 당신을 죽이겠습니까?"

"안 죽이면 돈을 내놓지 않을 테니까? 하지만 죽여도 안 내놓을 거다. 난 어차피 시한부 인생이다. 전 세계에서 가장 유명한 의사들도 내 심장은 더 이상 고칠 수 없다고 선언했지."

"심장이라… 하지만 심장은 이식이 되지 않습니까?"

"흥, 내 나이가 87살이다."

벨라는 코웃음을 치며 말했다.

"이제 와서 심장 이식 같은 대수술을 견뎌낼 수 있을 것 같나? 그러니 되도록 빨리 끝내라. 죽일 거면 바로 죽여. 안 죽일 거면 내 얼마 남지 않은 시간을 자유롭게 보낼 수 있도록 당장 보내주면 좋겠군."

"그렇다면 모험을 해보시겠습니까?"

나는 빙긋 웃으며 품속에서 포선병을 꺼냈다.

"이건 '영생의 물약'이라고 합니다."

순간 회의실이 술렁거렸다. 나는 병을 테이블 위에 올려놓으며 말했다.

"저런, 제가 생각해도 사기꾼 냄새가 풀풀 나는 이름이군요. 하지만 진짜입니다. 이름처럼 '영생'을 약속해 주진 못하지만, 수명을 연장시키고 약간의 젊음을 회복시키는 효과가 있습니다."

"그게 내 심장을 고칠 수 있다는 건가?"

벨라가 기침을 콜록거리며 가소롭다는 듯 물었다. 나는 그가 앉아 있는 곳으로 병을 밀어 보냈다.

"궁금하면 한번 드셔보시지요."

"흥, 이래놓고 사실은 독약 아닌가?"

벨라는 떨리는 손으로 병을 움켜쥐었다. 나는 상황을 연출하기 위해 오러를 발동시키며 말했다.

"제가 여러분들을 죽이기 위해서 약의 힘을 빌려야 할 사람으로 보이십니까?"

순간 회의실의 분위기가 싸늘해졌다.

나는 곧바로 오러를 거두며 고개를 숙였다.

"죄송합니다. 제가 그만 흥분했군요. 어디까지나 이건 협박이 아닌 제안입니다."

나는 시공간의 주머니 속에서 영생의 물약을 추가로 더 꺼내 보였다.

"이 물약은 레비그라스에서도 가장 최신에 개발된 물질입니다. 기존엔 효과가 강력한 대신 부작용이 있었다면, 현 제품은 부작용을 없애는 대신 효과가 약해졌습니다. 물론 약해졌다는 거지 사라진 건 아닙니다."

"그러니까 당신의 이야기는……."

바풋이 병을 노려보며 말했다.

"노화를 회복하는 약을 줄 테니, 그에 대한 대가로 우리가 가진 자산을 내놓으란 건가?"

"바로 그렇습니다."

나는 고개를 끄덕이며 설명했다.

"특별 전담 기구의 목표는 크게 세 가지입니다. 하나는 귀환자와 몬스터… 여기선 일단 귀환자로 통일하겠습니다. 귀환자의 공격에 대비한 특수부대의 창설입니다."

나는 넓은 테이블을 돌며 미리 준비한 자료 문서를 모두에게 직접 건네주었다.

"특수부대는 현행 군사 체계로 볼 때 5개 사단 정도의 규모가 될 겁니다. 부대의 명칭은 '인류 저항군'이며, 특수 보병과 신무기 개발 운영과 각성자 연구 육성과의 3개 개별과를 보유하게 됩니다."

"잠깐만."

그러자 아랍인이 답답한 듯 넥타이를 고쳐 쥐었다.

"이런 군대가 왜 필요하지? 실제로 싸우는 건 자네가 아닌가?"

"저는 곧 레비그라스로 돌아갑니다."

"뭐? 정말인가? 어째서?"

"그건 지금 설명할 일이 아닙니다. 어쨌든 인류 저항군은 제가 없는 동안 인류를 지킬 수문장이며, 동시에 장기적으로 지구의 인류가 다른 차원의 공격으로부터 자생적인 저항력을 갖출 수 있는 토대가 될 것입니다."

"그런데 여기 나온 '각성자'는 뭔가?"

어느새 자료 문서를 전부 읽을 바풋이 질문했다. 나는 원래 있던 자리로 천천히 돌아와 대답했다.

"각성자는 바로 저와 같은, 오러나 마법을 다루는 특별한 인간에 대한 총칭입니다."

"그러니까 자네 말은 지구에도 자네 같은 인간이 있다는 건가?"

"곧 생깁니다."

나는 확신을 가지며 대답했다.

"세계 각지에서 새로 발견될 각성자를 식별하고, 스카우트 해서 육성하며 능력을 강화시키는 일은 인류 저항군의 가장 중요한 역할 중 하나입니다. 저 말고 다른 인류의 편에 서는 귀환자도 속속 도착할 겁니다."

"다른 귀환자라니……."

"물론 당장 1, 2년은 큰 성과가 없겠죠. 하지만 장기적으로 수십 년을 내다보는 만큼, 반드시 지금 시작해야 합니다."

그때, 회의실에서 가장 나이가 많은 노인이 요란하게 기침을 해대기 시작했다.

"벨라!"

"벨라 회장!"

"설마 지금 그걸……."

모두의 시선이 벨라와 그의 손에 쥐어진 포션병으로 집중됐다.

"콜록… 이까짓 것, 마시라면 못 마실 줄 알고?"

한동안 기침을 하던 벨라는 이내 빈 병을 테이블 위에 내려놓으며 소리쳤다.

"그래서 뭐냐! 마셨는데 뭐가 달라졌다는 거야!"

하지만 나는 그 질문에 대답할 필요가 없었다.

"벨라 회장, 지금 당신……."

"세상에, 이럴 수가!"

"정말인가? 이거 뭔가 특수 효과 같은 게 아닌가?"

오히려 주변에 앉아 있던 다른 사람들이 먼저 소란을 떨기 시작했다.

벨라가 젊어졌다.

그렇다고 80살 노인이 갑자기 20대의 청춘으로 돌변한 건 아니다.

하지만 눈에 띨 정도로 안색이 밝아졌다. 실시간으로 주름이 줄어들었고, 피부의 광택이 달라졌으며, 뿌옇던 눈에 생기가 돌기 시작했다.

"어… 어?"

당연히 벨라 본인도 자신의 변화를 느끼기 시작했다. 그는 한동안 자신의 심장에 손을 대며 고개를 저었다.

"심장에 묵직한 느낌이… 사라졌어. 혹시 이거 강력한 진통제 같은 건가?"

"그렇지 않습니다. 괜찮으시면 거울이라도 한번 보시는 게 좋겠군요."

나는 어깨를 으쓱였다.

벨라는 바로 옆에 앉아 있는 여성 CEO로부터 손거울을 건네받고는 경악했다.

"뭐야, 이건!"

"보시는 그대로입니다."

나는 테이블에 올려놓은 영생의 물약들을 하나로 모으며 말했다.

"이건 이런 물건입니다. 제작자의 이야기에 따르면 한 달에 한 병씩 꾸준히 마셔주면 1년 차쯤에 확실한 성과가 나올 거라고 합니다."

"확실한 성과라니……."

아랍인이 부릅뜬 눈으로 벨라를 가리키며 물었다.

"지금 저건 확실한 성과가 아니라는 건가? 1분 만에 10년… 아니, 20년은 젊어진 것처럼 보이는데?"

"저건 그냥 시작일 뿐입니다. 레비그라스에는 200살이 넘었는데도 30대처럼 보이는 여자도 있습니다."

나는 엑페를 떠올리며 미소를 지었다.

'물론 그녀가 젊음을 유지하는 게 영생의 물약 때문은 아니지만……'

그렇다고 거짓말을 한 건 아니다. 회의실에 모인 사람들을 더 이상 참지 못하고 벨라의 주위로 모여 웅성거리기 시작했다.

'아무래도 프레젠테이션은 성공적인 것 같군.'

나는 소요가 가라앉을 때까지 한발 뒤로 물러서 기다렸다.

그리고 5분 정도 시간이 지났다.

아무도 강요하거나 재촉하지 않았다.

하지만 모두가 자신의 자리로 돌아와 앉아 내 얼굴을 바라보았다.

그들 모두의 눈에는 전에 없던 열정과 기대가 깃들어 있었다. 세상을 전부 가질 만큼 부자라 해도, 결코 노화와 질병에 자유로울 수는 없는 것이다.

나는 미소와 함께 고개를 끄덕이며 입을 열었다.

"모두 진정되셨습니까? 그럼 지금부터 본격적인 협상을 시작하겠습니다. 제가 여러분들께 요구하는 것은……."

*　　　*　　　*

―수완이 대단하더군.

모니터 속의 대통령이 혀를 내두르며 말했다.

―벨라 회장이 저렇게 연기를 잘하는 줄은 몰랐어. 자네는 어떻게 그가 이렇게 해줄 거라 확신했나?

"확신하지 않았습니다."

나는 텅 빈 회의장을 바라보며 고개를 저었다.

"그저 일이 잘될 경우, 회장에게만 특별히 물약을 한 병 더 공급하기로 약속했을 뿐입니다."

―나도 들었네. 둘이 독대했을 때 그렇게 말했다지? 하지만 애초에 말이야. 자네는 내가 뽑아놓은 스무 명 중에 벨라를 선택했어. 뭔가 이유라도 있었나?

"그가 건강이 가장 나빴을 뿐입니다. 그만큼 필사적으로 응해줄 거라 생각했습니다."

나는 당연하다는 표정으로 대답했다.

물론 거짓말이다.

전생에 나는 리카르도 벨라 회장을 직접 만난 적이 있었다.

그는 치료가 불가능한 심장 질환을 가지고 있으면서도, 무려 100살이 넘게 생존하며 인류 저항군에 자신이 가진 모든 것을 지원했다.

"죽어서 돈 싸들고 갈 것도 아닌데 무슨 상관인가? 맘 놓고 전부 사용해. 중요한 건 인류야. 우린 반드시 생존할 테고, 더 발전된 새로운 인류로 다시 태어날 테지."

그것이 전생에 벨라 회장과 나눈 마지막 대화였다.

그는 그런 인물이었다. 때문에 나는 그를 선택해서 사전에 미리 양해를 구하고 연기를 해줄 것을 부탁했다.

―어쨌든 일이 잘 풀려서 다행이군. 인류 저항군은 미국 정부가 책임지고 완성해서 운용할 테니 걱정 말게. 그런데…….

대통령은 소리가 들릴 정도로 침을 삼키며 말했다.

—혹시 내게도 그 물약을 나눠줄 수 있나?

"물론입니다. 하지만 한 병만 드리겠습니다."

나는 테이블 위에 포션 한 병을 올려놓으며 말했다.

"나머지는 나중에 다시 돌아왔을 때, 모든 일이 순조롭게 진행되어 있다면 드리도록 하겠습니다."

—오… 걱정 말게. 내 평생에 요즘처럼 의욕적으로 움직인 역사가 없을 정도니까.

포션을 바라보는 대통령의 눈이 반짝였다. 난 쓴웃음을 지으며 말했다.

"그럼 당장 제가 할 일은 전부 끝났습니다. 여기서부터는 오직 대통령께서만 진행시켜 주시고, 알고 계셔야 할 일입니다."

—K2 말인가? 이미 인도와 파키스탄 정부와 협상을 끝내봤네.

대통령은 자신감 넘치는 표정으로 말했다.

—앞으로 K2는 일반인의 출입이 전면 금지되네. 당장은 미군이 카슈미르 지방에 주둔하게 되지만, 앞으로 인류 저항군이 창설되면 그쪽으로 주관이 넘어갈 거야.

K2는 세계에서 두 번째로 높은 산의 이름이다.

그리고 카슈미르는 바로 그 K2가 위치한, 인도와 파키스탄이 동시에 영토를 주장하는 땅이었다.

나는 모니터를 향해 고개를 숙이며 말했다.

"감사합니다. 분쟁이 심한 지방일 텐데 용케도 빠르게 일을 처리해 주셨군요."

—앞으로 이어질 몬스터의 침공으로부터 우선적으로 대처해 줄 것을 약속했네. 파키스탄의 핵무기 문제도 있고… 뭐, 어쨌든 할 수 있는 건 다 했지. 흐음.

대통령은 가볍게 헛기침을 하며 물었다.

—그런데 어째서 K2인가? 꼭 거기서 돌아가야 할 이유가 있는 건가?

"네. 여러 가지 이유가 있습니다. 물론 가장 큰 이유는 세계에서 가장 험준한 산이라는 거죠."

물론 높이만 따지면 에베레스트 산이 더 높다.

하지만 K2는 훨씬 경사가 급하고 험준하다. 그래서 나는 그 장소를 레비그라스로 귀환할 적임지로 선택했다.

대통령은 이해할 수 없다는 얼굴로 잠시 생각하다 말했다.

—아무튼 알겠네. 앞으로 K2는 우리가 관리하게 될 테니 안심하고 돌아가도 될 거야.

"다시 한 번 감사드립니다. 그리고 K2가 있는 카슈미르 지방에 꼭 인류 저항군의 기지를 만들어주십시오. 특히 각성자 연구 육성과는 그곳에 거점을 세워야 합니다."

—알겠네. 그런데 뭔가 이유라도 있나?

"지구에서 마나의 농도가 가장 높은 곳이니까요. 발견된 각성자를 성장시키는 데 최적의 장소입니다."

─오… 그렇군. K2가 그런 장소였나…….

대통령은 놀란 얼굴로 고개를 끄덕였다.

물론 거짓말이다.

K2의 마나의 농도가 현재 높은지 낮은지는 전혀 모른다.

다만 앞으로 그렇게 될 가능성이 있기 때문에 그렇게 말한 것뿐.

─어쨌든 맡겨주게. 그럼 지금 바로 카슈미르 지방으로 이동하겠나?

"네. 부탁드립니다."

─알겠네. 린치 대위에게 말해놓지. 그런데 현지 위성사진을 보면… 앞으로 이틀 정도는 K2에 엄청난 눈 폭풍이 휘몰아친다고 하는군. 도착해도 하루 정도는 올라가기 힘들 거야.

"상관없습니다."

나는 곧바로 고개를 저었다.

"그런 건 제게 아무런 문제가 안 됩니다. 곧바로 이동하도록 하겠습니다."

나는 노트북의 화면을 닫으려 했다. 대통령은 급하게 소리치며 말했다.

─잠깐 기다리게! 그전에 뭔가 부탁할 게 없나?

"네?"

─돌아가면 전혀 다른 세상이지 않나? 그러니 지구의 물건 중에 필요한 게 없냐는 말이네. 아니면 금품이라든가, 그쪽 세

상에도 금과 은은 귀하겠지? 원한다면 100㎏ 정도의 금괴를 바로 준비해 주겠네.

"금괴라……."

나는 눈살을 찌푸리며 잠시 생각했다.

물론 레비그라스에서도 금은 귀중품이다.

하지만 순수하게 돈과 관련된 것이라면 필요 없다. 나는 박소위라는 막강한 재력을 등에 업고 있으니까.

─그 밖에도 그쪽에 없는 물건이 있지. 최고 성능의 노트북이라든가, 스마트폰이라든가, 아, 날씨가 덥다면 에어컨은 어떤가?

대통령의 호의치고는 소박한 것이 마음에 들었다.

'어떻게든 뭔가 주고 싶은 모양이군. 조금이라도 빚을 지워두려는 건가?'

그런 건 아무래도 상관없지만, 레비그라스에서 전기 제품은 쓸모가 없다.

"생각은 감사합니다만 필요 없습니다. 어차피 전기가 없어서 작동시킬 수 없을 테니까요."

─전기라, 그러면 배터리를 이용한 전자 기기라면 어떤가? 자네는 뭔가 엄청나게 들어가는 마법 주머니를 가지고 있는 것 같은데… 배터리를 산더미처럼 들고 가면 꽤 오래 쓸 수 있지 않겠나?

그건 확실히 솔깃한 이야기였다. 나는 순순히 고개를 끄덕이며 대통령과 이야기를 나눴다.

—…알겠네. 그럼 전부 준비하지. 그 밖에 혹시 더 필요한
건 없나?

"아, 그러고 보니 하나, 아니, 두 개 있습니다."

나는 손가락을 튕기며 말했다.

"우선 커피를 준비해 주시면 감사하겠습니다."

—커피? 원두 말인가?

"네. 로스팅이 끝난 걸로 5톤… 아니, 10톤 정도를 준비해
주십시오."

대통령은 헛웃음을 지으며 고개를 저었다.

—커피 원두 10톤이라니… 양이 엄청날 텐데, 그게 거기 전
부 다 들어가나?

"공간은 충분합니다. 그리고 하나 더 있습니다. 자동차도 한
대 준비해 주십시오."

—자동차?

대통령은 잠시 침묵하다 말을 이었다.

—혹시 배우나 운동선수들이 타고 다니는 고급 스포츠카
같은 것 말인가? 페라리?

"아니요. 그보다는 연비가 좋은 소형차에 기름을 꽉 채워서
준비해 주시면 감사하겠습니다."

나는 자동차를 부탁했던 엑페를 떠올리며 미소를 지었다.

"그래야 조금이라도 더 오래 탈 수 있을 테니까요. 물론 그

게 주머니에 들어갈지는 해봐야 알겠습니다만……."

＊　　　＊　　　＊

결론적으로 시공간의 주머니는 내가 손으로 들 수 있는 거라면 뭐든지 집어넣을 수 있었다.

그리고 나는 소형차 정도는 한 손으로도 가볍게 집어 들 수 있는 근력을 가지고 있었다.

＊　　　＊　　　＊

K2 정상.

정확히는 정상에서 조금 떨어진 곳에 있는 바위 봉우리 옆에 서 있다.

'눈 폭풍이라니, 타이밍도 절묘하군.'

아무래도 K2를 선택한 게 정답인 모양이다.

온 세상이 한치 앞도 못 볼 만큼 빽빽한 눈보라로 덮여 있다. 나는 하얀 날숨을 내쉬며 눈앞의 바위 봉우리를 노려보았다.

"여기면 되려나……."

나는 혼잣말을 중얼거리며 칼을 뽑아 들었다.

먼저 오러 소드를 전개한 다음, 바위의 일부분을 조심스럽게 도려내기 시작했다.

그리고 시공간의 주머니 속에서 커다란 팔지를 꺼냈다.

이름: 지식의 팔찌

종류: 성물

특수 효과: 소유자의 지식을 영구히 보존한다. 우주의 돌, 광속의 정수, 각인의 권능, 회귀의 반지와 함께 레비그라스 차원의 다섯 신의 성물 중 하나

신의 성물.

정확히는 초월자의 본체나 마찬가지인 물건이다.

나는 눈앞의 구멍에 팔지를 쑥 집어넣은 다음, 공간에 맞게 도려낸 뚜껑의 일부를 잘라냈다.

그리고 다시 뚜껑을 덮었다.

정면에서 보면 약간의 홈이 파인 것처럼 보인다.

하지만 정말 집중해서 보지 않으면 뭐가 이상한지 알 수 없는 정도였다.

무엇보다 지금 내가 여기서 이런 짓을 한다는 걸 아무도 모른다.

물론 감시위성이 하늘에서 내려다보고 있을 테지.

하지만 이런 끔찍한 눈보라 속에서는 모든 것이 새하얗게 보일 뿐이다.

그래서 타이밍이 절묘하다고 생각한 것이다.

내가 귀환 장소로 K2를 선택한 이유는 오직 사람들이 오기 힘든 장소에 신의 성물을 감춰놓기 위해서였다.

발견된 모든 차원 중에 유일하게 신과 같은 존재가 없는 차원.

그것이 바로 지구다.

그 탓에 지구인은 다른 차원의 침략 병기로 노려졌다.

신이 있는 차원에서 태어난 존재는 다른 신이 존재하는 차원에서 생존할 수 없기 때문에.

하지만 이제 지구에도 신이 존재한다.

물론 이 방법이 옳은 것인지는 나도 모른다. 어쩌면 아무 효과도 없는 쓸데없는 짓을 하고 있을 가능성도 있다.

'그래도 해보는 수밖에 없다.'

나는 각오를 다지며 몇 걸음 뒤로 물러섰다.

고작 10미터도 움직이지 않았는데, 눈보라 덕분에 방금 내가 지식의 반지를 감춘 바위 봉우리가 안 보인다.

나는 곧바로 감정의 각인을 발동시키며 '마나'를 검색했다.

[사용자를 중심으로 반경 10㎞ 내의 마나의 농도는 지구의 평균치의 227퍼센트. 현재 해당 지역 마나의 농도가 느리게 성장 중]

아무래도 정답인 모양이다.

신의 성물은 그 자체로 마나를 발생시킨다.

그것은 스텔라가 생각한 이론이었다. 나는 고개를 끄덕이며 잠시 생각했다.

'그렇다면 지구 전체는 지금 어떤 상태일까?'

나는 곧바로 지구 전체를 이미징하며 감정의 각인을 발동시켰다.

[행성. 독립된 차원. 현재 다른 차원에 의해 느린 속도로 침식당하고 있음. 레비그라스: 5.23%, 오비탈: 0.01%, 보이디아: 11.07%]

이번에도 보이디아 차원이 가장 높다.

'레비그라스는 정령왕이 보이디아에 영향을 받고 있었다. 또 인간들 스스로가 저주 마법을 사용하기도 하지. 그러니 이상할 게 없는데… 어째서 지구도 보이디아 차원의 침식이 이렇게 높게 나오는 거지?'

나는 입술을 깨물며 생각했다.

물론 보이디아 차원의 침식도 꽤 높다.

하지만 이건 상관없다. 아마도 '마나'의 농도가 높아지는 걸 의미할 테니까.

'잠깐, 그렇게 생각하면 오비탈 차원의 침식이란 그 '스케라''

라는 정체불명의 에너지이고… 보이디아 차원의 침식이란 저주 스탯을 말하는 건가?'

물론 확신할 수는 없지만 대충 그렇게 생각하면 맞는 것 같다.

지구는 이미 꽤나 높은 저주의 힘에 침식당해 있다.

하지만 이제 와서 그걸 고민할 시간은 없다.

지금 당장 내게 가장 중요한 건 한시라도 빨리 레비그라스로 돌아가 동료들과 함께 상의를 하는 것이다.

'차원경이 실제로는 3개월 전의 과거를 비춘다는 것, 그리고 레빈슨이 일부러 날 지구로 유도한 것 같다는 이야기를 해야 한다. 고작 일주일 지났으니 별문제는 없겠지만……'

나는 심호흡을 하며 전이의 각인을 발동시켰다.

[이동할 목표를 떠올려 주십시오.]

나는 곧바로 레비그라스를 떠올렸다.

정확히는 레비그라스의 자유 진영에 있는 안티카 왕국의 도시인 뱅가드를 떠올렸다.

그러자 머릿속에 뱅가드의 정경이 희미하게 스치며 지나갔다.

동시에 눈앞에 새로운 문장이 나타났다.

[목표는 레비그라스로 설정됐습니다. 현재 위치한 지구와 다른 차원이므로, 대상이 레비그라스와 접촉한 자가 아니면 전이가 불가능합니다.]

모든 것이 예정대로였다. 나는 오른팔에 각인의 감각을 느끼며 나 자신을 겨냥했다.

동시에 환한 빛이 내 몸을 휘감았다.

느껴지는 건 아무것도 없었다.

하지만 원래 이런 것이다. 나는 눈을 감으며 의식이 사라질 때만을 기다렸다.

『리턴 마스터』 10권에 계속…